KB063235

피시본의 노래

피시본의 노래

게리 폴슨 소설 | 홍한별 옮김

Fishbone's song

양철북

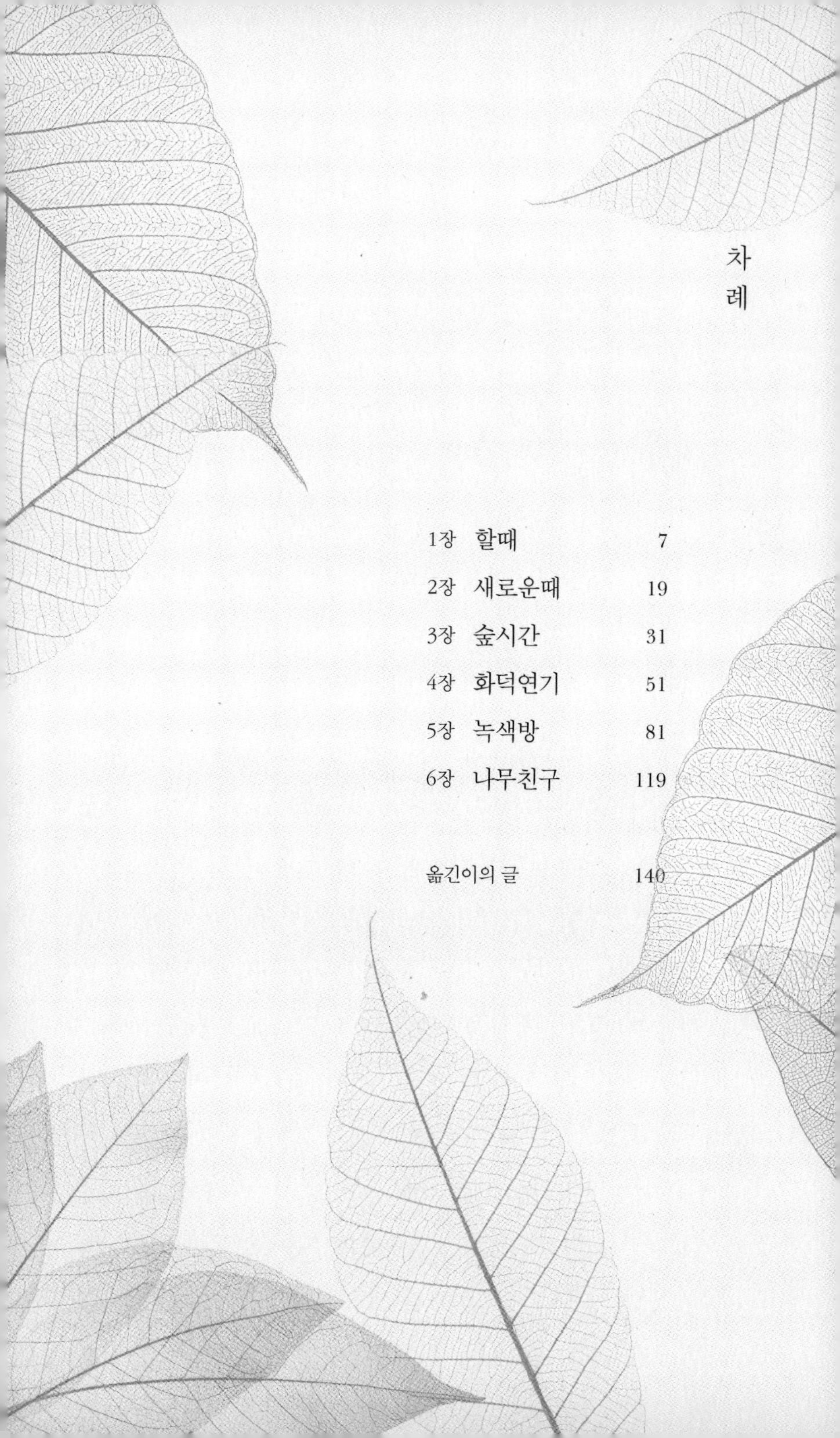

차례

1장

할때

...

어쩌면 4월이었을 거다. 피시본의 노래에 얽힌 이 모든 일이 시작된 것이. 그의 노래가 나의 노래라고도 할 수 있다. 나만이 그 노래들이 어디로 흘러갔고 얼마나 오래 지속되었는지를 아니까.

아니 어쩌면 4월이 아니었을 수도 있다. 적어도 우리가 사는 캐도 계곡 숲에서 흐르는 시간의 방식에 따르면 말이다. 계곡물이 커다란 바위 세 개를 지나 흐를 때, 내가 무너진 술 창고 뒤쪽에서 찾아낸 작고 낡은 기타로 어설피 연주하는 노래와 비슷한 소리가 나는 곳.

나는 지금이 하루 중 어느 때인지만 안다. 그래서 피시본이 "버드나무 껍질을 엄지손가락 길이만큼 벗겨 내서 새된 소리를 내는 호루라기를 만들 때다···"라고 해야 나는 그가 '긴 산'이라고 부르는 곳에서 곧 물이 흘러내려 계곡물이 불어나리라는 걸 안다. 언젠가는 나도 보게 될 '긴 산'. 그러고 나면 옆면에 무지개 무늬가 있는 조그만 잉어가 나타나고 우리는 그물로 잡아

포를 떠 연기를 피워 익힌다. 잉어가 사라지면 곧 버섯이 돋는다. 일단 수풀 속에 숨어 있는 하나를 찾아내면 다 같이 동시에 나타나는 조그만 크리스마스트리 모양의 버섯. 그러면 버섯을 잘라 널판에 늘어놓고 따가운 햇볕 아래 말린다…

피시본이 "…할 때"라고 말하면, 그게 "할때"라는 한 단어처럼 들린다. 그는 이 말을 늘상, 아주 많이, 무엇에 대해서건 한다. 피시본은 나이가 많다. 아주 많다. 너무나 많아서 햇수나 시간으로 헤아릴 수가 없다. 가끔 그는 그냥 "할 때다"라고만 말하고 입을 다문다. 대신 멀리 구름을 본다. 하늘에 구름 한 점 없을 때에도. 그리고 웃는다. 오직 그만이 아는, 그만이 기억하는 크거나 작은 무언가를 떠올리며. 야생 산딸기 꽃 위를 맴도는 벌새처럼 자그마한 일이거나 전쟁처럼 큰일이거나. 같은 웃음. 물어보면 말해주기도 하고, 한참 나중에야, 한 해쯤 지나 말해주기도 한다. 오두막 툇마루 흔들의자에 앉아 밀주를 마시고 기분이 나긋해졌을 때에서야. 밀주는 맑은 술이다. 내가 한 번도 말을 걸어본 적 없는 남자가 밀주를 만들어 2리터짜리 유리병에 담아 한밤중에 가져온다. 밀주를 마신 피시본은 늙고 오래된 발로 늙고 오래된 작업용 장화를 끌고 구르다가, 그때, 오래전 그때 있던 자리로 먼눈을 팔며 햇꿀처럼 흐르는 부드러운 목소리로 그게 무엇이었는지 이야기한다. 벌새거나 전쟁이거

나. 같은 목소리. 같은 말투로.

왜 그를 피시본, 그러니까 '생선뼈'라고 부르는지 언제부터 그 이름으로 불렸는지는 아무도 모른다. 한번은 그가 말했다. 목구멍에 생선 가시가 걸려서 의사 두 사람이 그를 반쯤 망가진 가시와 옹이투성이 나무 의자에 붙들어 앉혔다고. 한 의사가 그의 입을 벌렸고 좀 더 젊은 의사가 말편자 집을 때 쓰는 녹슨 집게를 목구멍 안에 쑤셔 넣었다고. 그렇게 생선 뼈를 꺼냈다고. 강둑 개흙에서 잡은 늙고 커다란 누런색 얼룩메기의 뼈. 피시본은 맑은 옥수수 술 두 모금으로 통증을 달랬다고 한다…

빈틈없는 이야기였고, 피시본이 사실인 듯 말했고, 정말 사실인지도 모른다. 다만 일주일쯤 뒤에 다른 이야기를 시작한다. 가재를 잡으려는데 낚싯바늘이 없어서 얕은 물에서 부목을 몽둥이처럼 휘둘러 못생긴 동갈치를 잡았다고. 그 동갈치 등뼈로 낚싯바늘을 만들었을 때부터 피시본으로 불렸단다.

그러고 한참 뒤에야, 고요한 여름밤 오두막 툇마루에 앉아 달이 내려앉은 물 담긴 개밥그릇에 달려드는 밤벌레들의 윙윙거리는 소리를 듣다가, 두 가지 이야기가 다 사실이거나 아니면 사실로 생각된다는 걸 알게 된다….

'사실로생각.'

'할때'처럼.

마찬가지다. 언제 어디에서 무슨 일이 있었든지. 핵심은 그게 그의 이름이라는 것이므로 뭐든 다를 바 없다.

피시본.

내가 어떻게 피시본과 함께 살고 피시본 손에 키워지고 피시본에게 맡겨져 가족이 되었는지에 관한 이야기도 모두 사실이고 전부 다르다. 추울 때 난롯가에서 혹은 여름 저녁 툇마루 의자에 앉아 오래된 잼병에 담긴 술을 홀짝이거나, 마당에서 어슬렁어슬렁 돌아다니다가 들려준 이야기들이다.

첫 번째 이야기는 내가 강보에 싸인 핏덩어리 상태로 맥주 궤짝에 담겨 계곡과 산불 방화선防火線 산길이 만나는 언저리로 떠내려왔다는 것이다. 가끔 사람들이 방화선 산길을 따라 오래된 어두운 숲으로 들어오곤 했다. 저마다의 목적으로, 가끔은 어두운 목적으로.

못생겼었지, 그가 말했다.

분홍색 새끼 쥐처럼 못생기고 쭈글쭈글했고 울타리에 걸린 돼지처럼 꺽꺽거렸단다. 그 소리를 들은 피시본이 나를 곰이 덮치기 직전에 찾아냈다. 피시본은 잉어나 자라를 잡아먹으려고 계곡에 나왔다가 곰이 궤짝을 끌고 가려는 걸 보고 소리를 질렀다. 곰이 궤짝을 놓고 달아나버려 피시본은 내가 든 궤짝을 들고 집으로 왔다. 처음에는 궤짝이 먼저 눈에 들어왔다고 했다. 튼튼하고 매끈한 소나무 널판으로 만들었고 귀가 쇠붙이로 고정되어 있어 난로 뒤에 두고 땔감을 담아 놓기에 안성맞춤이었다. 궤짝을 가져가려고 다가갔다가 나를 보았는데, 꺽꺽거리고 꽥꽥거리던 게 무언지 보고는, 궤짝과 아기까지 통째로 집으로 들고 왔다. 아기는 어쨌거나 오래 살지 못할 테니 죽으면 묻어 주고 궤짝은 난로 뒤에 두면 되겠다고 생각했단다. 물을 따라 내려온, 뭔가 쓸모가 있을 법한 다른 물건들처럼.

그가 말하기를 나는, 골풀로 만든 바구니 안의 모세처럼 강물을 타고 내려왔다…

꾸민 이야기처럼 들렸는데 글 읽는 법을 익힌 다음에 가죽으로 싼 커다란 책에서 그 이야기를 읽었다. 하지만 지금도 골풀이 뭔지는 모른다. 그게 뭔가 물과 관련이 있고 골과는 아무 상관이 없다는 것 말고는. 물론 나하고도. 어쨌건 간에.

그의 이름 이야기, 목구멍에 낀 가시나 동갈치 낚싯바늘 이야기 같은 것일 수도 있다. 다른 이야기들을 듣고 나니 더욱 그런 것 같았다. 그에게 육촌인가 팔촌인가 십촌인가 하는 관계의 친척이 있었는데 그 사람 딸이 원하지 않는 아기를 가졌다던가, 어떻게 키워야 할지 몰랐다던가 그랬단다. 그게 — 그러니까 내가 — 사촌한테 보내졌다가 누이한테 갔다가 다른 사촌한테 넘겨졌다가 결국 마침내는 피시본과 같이 있게 되었다.

피시본은 이미 늙어서, 너무 늙어서 남은 생애를 쓰러질 듯 삐걱거리는 숲속 판잣집에 사는 것 말고는 아무런 할 일이 없었다. 그래서 나에게 집이 생겼다.

세 번째 이야기는 내가 교회 앞 계단에 쪽지 한 장과 함께 종이 상자에 담겨 있었다는 것이다. 나를 발견한 성직자는 친척 중에 애들을 입양한 사람이 있어 그곳으로 나를 보냈다. 그 집에서 아이를 들일 수 있는 또 다른 사람에게 나를 보냈는데, 거기에서도 애를 더 맡아 돌볼 여력이 없었다. 그렇게 다시 나랏일 하는 여자한테 보내졌다. 그 사람이 나와 같은 핏줄을 찾다가 비로소, 마침내, 피시본을 발견했다. 우리가 무언가 같은 종류의 핏줄에서 나왔기 때문에, 나를 그에게 맡겼다.

키우라고.

다른 이야기도 있다. 요정 가족이 나를 한밤중에도 빛이 나는 오래된 나무그루터기 옆 얕은 구덩이에 두고 가서 피시본이 발견했다는 이야기. 그때 피시본은 술기운에 젖어 있었다. 취했을 때는 신비로운 현상을 더 잘 보고 느낄 수 있으므로 그는 나무 밑동에서 퍼져 나오는 빛 속의 나를 볼 수 있었다. 피시본은 마법에 걸린 아기가 앞날을 내다보고 행운을 가져다줄지도 모른다고 생각해서 집으로 데려왔다. 투명한 얼음 사탕이나 팬 위에 깨뜨렸을 때 노른자가 두 개 들어 있는 달걀처럼. 익을 때

까지 노른자가 깨지지 않는다면···

이야기가 뒤죽박죽이었고 꾸며낸 것 같았다. 다만.

다만.

난로 뒤에 궤짝이 있다. 튼튼한 소나무 널판에 네 귀마다 강철 쇠가 있고 내 몸에서 묻었을지도 모를 핏자국 같은 오래된 얼룩이 묻어 있는.

그리고.

사람들이 와서 나를 데려가 일 년 조금 넘게 학교에 다니게 했다. 그러다가 나라는 아이가 학교와 맞지 않는다는 걸 알게 됐다. 내가 어째서 맞지 않는지 뭔가 어려운 말로 잔뜩 이야기한 후 다시 피시본, 내 식구와 함께 살라고 나를 데려다주었다. 그동안에 나는 읽는 법을 배웠다. 그리고 바로 그곳에서, 바로 그때, 나는 오래된 편지를 보았다. 나라에서 피시본에게 보낸 편지에는 나를 '바람직한 방식'으로 키우라고 한 달에 한 번 얼마간 돈을 보내겠다고 적혀 있었다.

그리고.

내가 태어난 지 십 년인가 십일 년인가 십이 년인가 되었을 무렵이었다. 어느 날 저녁 피시본이 여우다람쥐인가 뇌조인가를 먹고 싶은 기분이라고 했고, 나는 이건가 저건가를 사냥하다가 어느 도랑에 갔고, 그곳에서···

그루터기, 요정의 그루터기가, 갓난아기인 나를 숲 사람들이 내려놓고 갔을지 모를 얕은 구덩이 옆 그루터기가 어스름 속에 옥색으로 빛나는 것을 보았다. 너무나 예뻐서 소리가 나는 것 같았다. 내가 기타를 들고 그의 노래, 피시본 노래의 한 부분으로 만들어 보려고 애썼던 옥색 소리였다. 그것을 내가 가끔 무언가를 미리 본다는 사실과 함께 떠올려 보라. 그러니까 나는 보지 않고도 나무 건너편에 다람쥐가 있는지 어쩐지 확실하게 안다. 틀림없이. 얼마나 잘 아느냐면 '츳' 하는 소리를 내서 다람쥐가 옆으로 머리를 내밀게 해 한 방에 보낸다. 머리를 쏘아 단숨에 죽이기 때문에 총알로 고기를 망치지 않는다. 그러면 국을 끓였을 때 죽음의 냄새, 창자 냄새가 안 난다. 다람쥐를 눈으로 보지 않고도 그곳에 있다는 걸 그냥 안다.

그러니까 사실이다. 내가 어떻게 피시본과 같이 살게 되었는가 하는 이야기 모두. 아니면 사실일 수 있다. 사실로 생각된다.

사실로생각.

어쩌면 전부 사실이 아닐 수도 있다.

그렇지만 나무 궤짝, 나라에서 보낸 편지, 빛나는 그루터기, 그리고 내가 있고, 나와 피시본이 숲속에 있고, 계곡이 있다. 그러니 누가 어떤 건 사실이고 어떤 건 사실이 아니라고 말할 수 있는가?

그리고 피시본의 노래, 첫 번째 노래가, 처음에는 콧노래로 시작하다가 장단에 맞춰 위아래로 오르내리는 노랫말이 되어 흘러나온다. 낡은 장화가 툇마루 바닥을 구르고 끌며 부드럽게 움직이면서 장단을 맞춘다. 마치 장화가 춤을 추면서 동시에 북을 치는 것처럼.

첫 번째 노래: 마법 소년

마법 소년,

한밤에,

한밤에.

마법 소년,

빛을 가져와,

빛을 가져와.

모든 사람이 보고,

알도록

마법 소년,

불을 가져와,

생명의 불.

빛나라, 빛나라, 마법 소년.

2장

새로운 때

···

처음 기억은 없다···

그림과 생각만 구름처럼 남아 있다. 그랬을 수도 있고 아마 그랬을 것 같은. 거의 들을 수 있고 들리는 것 같지만 사실은 없는 노래처럼. 흐릿하다. 나라에서 어린 나를 데려다가 글을 가르치기 전에는, 그림 기억 말고는 아무것도 없었다.

그래도 말이 되었다. 피시본의 이야기가, 피시본의 노래가 말이 되듯이. 나는 무언가를, 가령 빨간 산딸기 덤불 같은 것을 보아도, 잘 몰랐다. 그 색을 어떻게 말하고 생각하는지. 피시본은 말이 되는 말을 했지만, 그것은 무언가를 아는 사람한테만 가 닿았다.

나는 그 무언가를 몰랐다. 무얼 어떻게 말하는지도 몰랐다. 피시본이 말하기를 무엇은 계곡에 사는 잉어 옆면의 아래쪽 줄과 같은 색깔이라고 하거나, 흑표범 울음소리는 두 남자가 가시철사 채찍과 욕설을 주고받으며 싸우는 소리라고 했다···

나는 계곡 잉어의 아래쪽 줄 색인 노랑파랑 빛을 몰랐고 표범끼리 할 말이 있을 때는 뒷목 털이 바짝 솟을 정도의 울음소리를 낸다는 것도 몰랐다. 게다가 나는 지금 열 살인가 열한 살인가 열두 살인가 어쩌면 열세 살인데, 남자들이 싸우는 모습은 본 적이 없다. 가시철사 채찍과 욕설로 싸우는 건 더더욱.

사실은, 다른 남자를 본 적조차 없다. 한 달에 한 번 찾아오는 나라에서 일하는 남자 말고는. 그 사람은 여기를 둘러보고 피시본이 '재료'라고 부르는 먹을거리가 담긴 커다란 상자를 내민다. 밀가루, 베이컨, 소금, 설탕, 커피가 있고 가끔은 교회 사람들이 넣어 놓은 절인 비트나 오이 피클 병도 있다. 피시본이 말하기를 교회 사람들은 그렇게 하면 좋은 사람이 된 기분이 든단다. 나는 좋은 사람 피클을 좋아한다. 뭔가 달면서도 시다. 하지만 비트는 별로 좋아하지 않는데 오줌이 빨갛게 되기 때문이다. 빨간 오줌이 나와서 싫었다. 피시본은 그래도 하루에 한 조각은 먹으라고 했다. 피시본 말이 그 안에 철이 들었기 때문이라고 하는데 나는 비트에서도 절인 물에서도 철 부스러기 하나 보지 못했다. 게다가 다락에 아니 다락 비슷한 곳에 있는 잡동사니 상자에서 찾은 조그마한 자석을 비트 조각에 대 보았는데 붙지 않았다. 확실하다.

철은 없다.

아 그리고 다른 남자 한 명이 더 있다. 우리가 만나는, 아니

가끔 보는 남자가 한 명 또 있다. 어두운 밤에 밀주 한두 병을 두고 가는 사람. 나는 어느 날 자지 않고 있다가 그 사람을 보았다. 피시본은 '전쟁 돈'이라는 것에서 지폐 몇 장이나 은화 몇 닢을 내어놓는다. 피시본이 한국이라는 곳에서 싸웠고 총에 맞았기 때문에 받는 돈이다. 피시본은 이렇게 말한다. "총을 좀 맞았어. 한국이라는 곳에서. 그래서 그 뒤로 나한테 돈을 보내줘." 재료가 담긴 상자를 들고 오는 남자도 돈을 가져온다. 한 달에 한 번 우리를 둘러보러 올 때. 내 생각에 우리가 아니라 나를. 피시본은 그 돈에서 조금 떼어내, 다른 남자가 밤중에 새 술을 가지고 오는 날 오두막 툇마루 한쪽에 있는 빈 술병에 넣어둔다.

어둠 속에서 보면 그 남자도 꼭 피시본처럼 생겼다. 늙었고, 너덜너덜한 턱수염이 있다. 피시본보다 조금 더 자연스럽게 걷는다는 것만 빼고. 피시본은 천천히 움직인다. 가끔 왼쪽 발을 전다. 한국이라는 곳에서 총을 좀 맞았기 때문에 저는 거냐고 물어본 적이 있는데 피시본은 그냥 멀리 하늘을 보면서 그 웃음을 지었다. 순한 웃음. 무언가 좋은 일을 떠올릴 때처럼. 총을 좀 맞은 일을 생각하고 있었다면 그럴 리가 없었다.

딱 한 번 그가 그 이야기를 한 적이 있다. 툇마루 흔들의자에 앉아 밀주 반병을 마시고 나서 자기가 처음으로 깊은 사랑, 책에 나오는 사랑, 잡지에 나오는 사랑, 결혼해서 영원히 함께 할 사랑, 확실하고 진정한 사랑을 했을 때의 이야기 노래를 들려주었을 때였다. 그런데. 군대가 그를 한국이라는 곳으로 데려갔다. 얼어 죽고 싶은 곳이었다고 한다. 그렇게 추운 적이 없었다고 했다. 어찌나 추운지 총에 맞아 피를 흘리다가 그대로 얼어버려 상처 구멍이 막혀 피를 잃지 않아 한동안은 살아 있을 정도였단다. 피시본을 지프 후드 위에 이미 죽어서 꽝꽝 언 다른 남자 두 명의 시체와 묶고 얼어붙은 길 위를 덜컹거리며 달리는 동안은. 얼어붙은 시신에 총알이 부딪치는 소리를 들으며 달려가 의사한테 총구멍을 막아달라고 할 때까지는. 비행기를 타고 다시 바다를 건넜는데, 영원하리라고 생각했던 첫 번째 깊은 사랑이 한국이라는 곳에서 총을 좀 맞지 않은 새로운 남자를 만나 떠났다는 것을 알게 될 때까지는.

피시본의 이야기 노래는 층계나 사다리를 올라가는 것과 같다. 맨 아래에서는 무언가 좋은 게 있을 것 같은 느낌만 있는데, 기대하면서 올라가면 꼭대기에서 정말로 좋은 무언가가 나온다.

가장 좋은 이야기 노래, 피시본이 생각에 잠겨 옅은 웃음을 띠고 구름 멀리 바라보며 하는 이야기 노래가, 그가 의자에 앉아 밀주 반병을 마셨을 때 나왔다. 오래가지는 않았다. 사다리 꼭대기에서 초 한 자루를 태우는 것처럼. 거기에 올라가, 좋은 이야기를 듣다 보면, 술이 버거워지고, 초가 타버리고, 그러면 그는 다시 조용해져서 자기만의 장소를 바라보고 그러다 그의 늙은 눈이 기억 속에 감기고 잠에 빠진다.

그렇게 앉아 코를 곤다. 개 올드블루가 의자 옆에서 피시본과 같이 잔다. 올드블루는 툇마루 위에 쏟아진 모습으로 누워 피시본과 똑같은 소리로 코를 곤다. 피시본과 함께 술이라도 마신 것처럼. 사실, 이름이 그래도 올드블루는 늙은 개가 아니다. 내가 여기 온 뒤에 개가 세 마리, 어쩌면 네 마리, 다섯 마리가까이 있었는데 하나같이 귀가 늘어지고 침을 질질 흘렸다. 어찌나 사랑이 넘치는지 다가와서 손아래에 머리를 밀어 넣고 쓰다듬어 달라고 제 머리를 앞뒤로 움직였다.

전부 다 이름이 올드블루였다. 피시본은 개는 다 그렇게 불러야 한다고 했다. 올드블루. 이런 가사가 나오는 노래 때문이다. "올드블루, 너는 착한 개야." 우리한테 오자마자 바로 그 이름을 붙였다. 그러니까 제 발로 그냥 우리한테 왔다. 진흙과 진드기투성이에 온갖 벌레에 물린 채로 나타나 안으로 들어왔다. 오자마자 피시본 곁으로 가서 평생 그렇게 살아왔던 것처럼 거기 붙어서 아주 늙고 지친 것처럼 굴면서 흔들의자 옆에서 잤다. 내가 사냥을 갈 때만 빼고. 그럴 때면 벌떡 일어나서 불이라도 붙은 듯 오두막 앞으로 뛰쳐나갔다.

개를 좀 안다면 같이 가는 게 좋다. 개가 소리를 듣고 어떻게 행동하는지 안다면. 개를 보고 알 수 있는 것들이 있다. 짐승이 어디에 있는지, 어떤 종류의 짐승인지. 청설모를 봤을 때 내는 소리가 따로 있다. 너구리나 곰의 낌새를 맡으면 마치 종소리 같은 소리를 내고, 사슴을 보고 쫓을 때는 끔찍한 울음소리를 낸다. 개들이 그렇게 불쑥 나타났을 때 개들이 어디에서 오는 거냐고 피시본에게 물은 적이 있는데 피시본은 하느님이 보냈다고, 하느님이 숲에서 다른 동물들을 만들고 남은 찌꺼기로 만들었다고 했다. 그래서 그렇게 귀와 피부가 늘어졌다고. 그런 개들이 숲을 헤매다가 마음에 드는 곳을 보면 들어와 앉는다고 했다. 당연히 나는 사람들이 개를 잃어버린다는 걸 안다. 사람들이 개를 데리고 사냥을 나가는데 가끔 개가 너무 멀리 달려가서 돌아오지 못하니까. 사슴을 쫓아 달리기 시작했는데 너무 빠르게 너무 멀리 가서 우리 개가 되기도 하는 거다.

우리 개가 되었다기보다 그냥 와서 드러누웠다고 해야 할지도 모르겠다. 피시본이 술을 홀짝이며 이야기 노래를 할 때는 흔들의자 옆에서 존다. 내가 잡은 물고기와 짐승의 찌꺼기나 익힌 내장을 밥과 섞어 주면 얻어먹으려고 온다. 얻어먹고 쓰다듬을 받으려고. 피시본은 개의 사랑이 세상에서 유일한 진짜 사랑이라고 한다. 제짝인 여자를 만나기 전까지는. 피시본은 두 번 만났다고 생각했다. 하지만 착각이었다. 피시본은 어떤 사람한테는 예수님의 진짜 사랑이 있다고도 했는데, 자기는 아니란다. 그것도 개의 사랑만큼 좋을 것이라고 생각한단다. 피시본이 말하길 깨끗하고 맑고 순수하고 아무 구속도 없다고 한다. 나는 어느 오후에 해가 드는 나무 옆에서 세 번째 올드블루가 내 다리 위에 머리를 얹은 채로 한참 같이 앉아 있는 동안 나한테 예수님의 진짜 사랑이 있는지를 생각해 보았는데 아무런 느낌도 들지 않았다. 아마 내가 더 나이 들고 더 많이 알아야 하나 보다 생각했다. 아마 나중에, 예수님이 나를 더 잘 알고 나도 예수님을 더 잘 알게 되면. 피시본이 예수님은 어디에나 있다고 했고, 피시본이 흔들의자에 앉아 이야기할 때 내가 잘 듣고 세상을 배우게 되면 나한테 올 수도 있다고 했다. 안 올 수도 있고. 피시본은 자기한테는 여자건 예수님이건 진짜 사랑이 오지 않았다고 했다. 그래도 그것이 있기는 하다고, 운 좋은 사람에게는 온다고 했다. 그때까지는 개의 사랑이 그걸 이해하도록 도와줄 거라고 했다.

사랑.

언제부터 피시본한테서 배우기 시작했는지는 모르겠다. 내가 피시본에게 오자마자, 어떻게 오게 되었는지는 몰라도, 그때부터였을지도 모른다. 처음은 잘 기억나지 않는다. 다만 내가 세 살이나 네 살일 때 피시본이 오두막 툇마루에서 밖으로 쉬를 할 때는 바람을 등지고 해야 다리에 오줌이 튀지 않는다고 가르쳐 주었고, 똥은 집 밖 뒷간에서 눈 뒤 잡지 종이로 엉덩이를 닦으라고 한 게 생각난다. 내가 또 마당에다 똥을 누면 개가 똥을 먹고 내 입을 핥아서 나중에 내 똥꼬에 벌레가 생길 거라고 했다. 그게 진짜 전부 사실인지는 모르겠지만 우리가 키우는 개 모두 내가 넋 놓고 있으면 다가와 입을 핥으니까 조심하는 게 좋겠다고 생각했다. 똥꼬에 벌레가 생기는 건 싫었다.

기억나는 첫 번째 가르침 이후에는 모든 일이 너무 빨리 일어나서 그저 따라잡으려고 애쓰는 게 고작이었다.

일단 숲. 우리가 사는 오두막은 겨우 숲이 아닌 정도였다. 오래전 멀리 떨어진 어딘가에 있는 제재소에서 버린 낡은 널판으로 만들었다. 닮았고 잿빛이고, 피시본 말에 따르면, 오두막이 피시본보다 더 나이가 많은 데다가 빈틈이 어찌나 많은지 벽으로 고양이를 던져도 조금도 다치지 않고 통과한다고 했다. 나는 좀 건방지게 정말 벽으로 고양이를 통과시켜 본 적이 있느냐고 물었다. 내가 어릴 때는 피시본의 이야기 노래가 어떤 건지 잘 몰랐고 좀 건방졌다. 피시본이 말하기를 나에게 똑똑한 척 구는 구석이 있단다. 내가 똑똑한 척 굴면 피시본은 웃음기 없는 표정으로 나를 봤다. 피시본이 못마땅하거나 나무라는 기색으로 나를 보는 건 오로지 그때뿐이었다. 나는 그 이후로 될 수 있으면 그러지 않으려고 했다.

그렇게 나는 거의 숲 안에 있게 되었다. 오두막 안에서 잠을 잘 때에도 밤의 소리, 밤벌레들은 이미 내 일부였다. 그러니까 숲이 집이었고, 잠자리였고, 따스한 푸른 나무 침대였고… 그 안으로 나는 자연스럽게 스며들었다.

두 번째 노래: 사악한 사랑

그 여자 내 심장을 찾아

가져갔네.

내 영혼을 찾아,

흔들었네.

내 노래를 찾아,

입에 올렸네.

내 생명을 찾아,

망가뜨렸네.

춤춰라, 사악한 여자.

춤춰라, 사악한 사랑.

3장

숲시간

…

나는 숲을 한 번도 무서워한 적이 없다.

숲에서는 사람, 학교, 더 많은 사람, 왁자한 소리 가운데 있을 때처럼 낯선 기분이 들지 않는다. 나라에서 나를 학교나 사람들이 있는 곳에 데려갔을 때처럼. 가끔은 싸워야 했다. 덩치가 내 두 배인 남자아이와 크게 싸웠다. 그 애가 나를 죽일 듯이 때렸다. 다르다는 이유만으로. 내가 쓰러졌기 때문에 남자애는 싸움이 끝났다고 생각하고 가버렸다. 나는 일어서서 통신판매로 산 무거운 장화로 그 애의 머리를 갈겼다. 그 애는 구토를 했고, 그 뒤로는 나를 내버려 두었다.

그래도 싫었다. 내 머리를 열고 좋은 것을 넣을 때도 싫었다. 나한테 읽기를 가르쳐줄 때도. 언덕 위 마을에 있는 작은 학교에는 오래된 컴퓨터 한 대가 있었는데 나는 한 번도 써보지 않았고 어떻게 쓰는지 배우지도 않았다. 학교에서 어떤 남자아이가 컴퓨터가 아주 많은 곳을 안다면서 거기에서 게임을 하고 다른 나라 사람들하고 이야기도 할 수 있다고 했다. 그 애 말이 정말인지는 확실하지 않았다. 자기 삼촌이 한 손으로 310킬로그램 역기를 들 수 있다고 했으니 그 애 말을 믿기는 힘들었다.

천장이 망가졌고 지붕에서 비가 새는 학교였다. 하지만 책이 있었다. 빼곡하게 책이 꽂힌 책장 가득한 방에는 파랗고 가는 머리카락의 나이 많은 아줌마가 책을 지키고 있었다. 안경을 쓰고 안경줄을 목둘레에 걸친 그 아줌마는 나에게 책을 읽어야 한다고 했다. 아니, 읽어야 한다고 한 것은 아니다. 그 아줌마는 책을 사랑했고, 책을 만질 때 마치 어루만지는 것 같았다. 나한테 책을 읽는 법을 가르쳤고, 책을 읽게 만들었고, 읽고 싶게 만들었고, 읽기를 사랑하게 만들었다. 두 달 하고 스물여섯 날 동안에 그렇게 했다. 그들이 나를 다시 피시본한테 보내기까지 내가 그곳에 있었던 기간이다.

오두막으로.

숲으로.

그렇지만 안경줄을 목둘레에 걸치고 파란 냄새가 나는 머리카락의 나이 많은 아줌마는 나를 잊지 않았다. 달마다 나라에서 오는 사람에게 책 한두 권을 딸려 나에게 보냈다. 피시본이 한국에서 총을 좀 맞았기 때문에 받는 돈과 나를 '바람직한 방식으로' 키우라고 주는 돈과 음식 재료가 올 때 말이다. 그러면 나는 읽은 책을 돌려보냈다. 그렇게 우리는 서로 책을 주고 받았다.

역사 책, 시집, 서부 책, 자연 책, 셰익스피어라는 영국 작가가 쓴 책도 있었다. 운이 안 맞고 읽기 힘든 시였는데 나중에 그게 연극이라는 것을 알았다. 소리 내어서 읽으면 더 이해가 잘 되었다. 가끔은 늘 보던 것에 새로운 느낌이 들게 해줬다.

내가 툇마루에서 운이 안 맞는 셰익스피어의 시를 큰 소리로 읊으면 세 번째 올드블루와 네 번째 올드블루는 나를 미쳤다고 생각했다. 하지만 피시본은 좋아하는 것 같았다. 좋다고 말을 하지는 않았지만 눈을 감고 웃음을 지으며 고개를 끄덕이고 자기가 만든 노래를 부를 때처럼 발을 움직거렸다. 이야기 노래를 할 때와 같은 웃음을 지었고 셰익스피어가 사랑 이야기를 할 때는 입이 더 벌어졌다.

틀림없이 숲을 아는 거다. 셰익스피어는. 그 많은 말을 쏟아내고 그런 방식으로 춤을 추면서 흘러나오게 하다니, 숲속에 있는 게 어떠한지 알았을 것이다.

숲이 얼마나 푸르고 고요할 수 있는지, 숲이 어떤 냄새와 소리를 내는지, 어떻게 나에게 스며들어 일부가 되는지를.

내 안에서 어떻게 최고의 부분이 될 수 있는지를.

집처럼. 우리 집처럼.

뒷간에서 일을 보고 오두막 툇마루에서 바람을 등지고 쉬를 하는 법을 배운 뒤, 얼마 지나지 않아 나는 숲으로 들어갔다. 툇마루에서 내려와 계곡으로 가서 잔물결 치는 맑은 물가에 앉아 손을 담갔다. 물이 내 손가락을 꾸물거리게 만드는 것을 가만히 바라보았다.

그러자 다른 것은 전부 사라졌다. 모두 없어졌다. 애초에 아무것도 없었던 것처럼 깨끗하게. 숲만 있었다. 그날부터 시간이 날 때마다 — 남는 게 시간이었지만 — 숲으로 들어갔다. 한 발자국을 들여놓고, 왼쪽으로 갔다가 오른쪽으로 가서 나무를 돌고, 그러면 거기였다. 집. 물을 가르는 칼날처럼 조용히 움직였다. 따스하고 푸른 나뭇잎 모양의 무성한 빛이 나를 감싸고, 사방에서 새들의 지저귐이 들렸다. 숲속에서는. 숲속에서는…

처음에는 보기만 했다. 하지만 여섯 살쯤 되었을 때부터는 피시본의 규칙에 따라 사냥을 시작했다. 피시본에게는 정해진 규칙이 있었다. 모든 것에 관해. 생각하는 법, 요리하는 법, 보는 법, 먹고 사는 법, 사는 법.

피시본의 사냥 규칙은 간단했다.

무언가를 잡으면, 먹어야 한다. 날로 먹든 차게 먹든 익혀 먹든, 아무튼 무언가를 죽이면 반드시 식량으로 써야 한다.

처음 시작했을 때 그걸 배웠다. 나는 조릿대로 조그만 창을 만들었다. 부엌칼로 끝을 바늘처럼 뾰족하게 깎고, 강둑을 따라 내려가면서 움직이는 것을 찾았다. 가재를 잡고 싶었지만 보이지 않았다. 여울에서 비늘이 번쩍이는 잉어를 잡아보려고 했지만 너무 빨라서 잡을 수가 없었다. 조금 더 아래로 내려가서 개구리를 잡았다. 언덕 너머 늪에 사는 황소개구리처럼 커다란 놈은 아니었다. 황소개구리를 잡으면 거의 닭다리만큼 큰 뒷다리에 밀가루나 과자가루를 묻혀 지져 먹는데, 팬에 올려놓으면 다리가 움찔거리고 튀기도 했다. 바삭하게 익혀서 소금을 뿌리면 맛이 좋았다. 아주 좋았다.

처음 잡은 개구리는 작았다. 용수철에서 튕겨진 것처럼 강둑에서 튀어나와 물속으로 들어가 가만히 있었다. 한 뼘도 안 되는 맑은 물 안에 가만히 있었다. 조릿대 창으로 찍어 잡았다. 강바닥에 꽂아 죽였다. 그런 다음에 다른 손을 뻗어 개구리를 잡아서 오두막으로 가져가 피시본에게 보여주었다.

잘했어, 그가 고개를 끄덕였다. 이제 먹어.

개구리를요, 내가 물었다.

그래, 그가 말했다. 네가 죽였으니, 네가 먹어.

개구리를 통째로요, 내가 물었다. 개구리를 통째로 창자고 껍데기까지 전부 토하지 않고 넘길 자신이 없었다. 혀, 끈끈하고 긴 혀를 생각하니 토할 것 같았는데 피시본이 고개를 저었다.

개구리는 뒷다리만 먹어. 잘라서 시냇물에 씻은 다음 갖고 들어가 베이컨 기름 조금 넣고 바삭해질 때까지 지져서 먹어.

하지만, 한 입도 안 되는데요. 먹을 게 없어요.

그럼 잡지 말았어야지.

교훈을 배웠다. 바람 쪽으로 쉬하지 마라, 똥꼬에 벌레 생기게 하지 마라, 무언가를 죽이면 먹어야 한다. 나는 개구리 뒷다리를 잘라야 했다. 연녹색에 반들반들하고 검은 점이 있는. 조그만 몸뚱이와 맞닿은 데를 잘라 깨끗이 씻었다. 밀가루를 뿌렸다. 큰개구리를 먹을 때와 마찬가지로.

너무 작았다. 팬에 넣으니 보이지도 않을 정도로 가냘픈 다리였다. 우리가 베이컨을 굽고 나면 생기는 기름을 모아 놓는 개수대 옆 깡통에서 베이컨 기름을 펐다. 짭짤하고 베이컨 맛이 나는 재갈색 굳은 기름덩어리 두 숟가락을 넣었다.

밖으로 나가 도끼를 들고 화덕에 불을 피울 장작을 쪼갰다. 여섯 살짜리 아이는 거의 들지도 못할 정도로 무거운 양날 콜린스 도끼였다. 불을 땔 수 있을 만큼 장작을 패려고 휘두르고 또 휘두르기가 너무 힘들었다. 그런 다음에 땔감을 가지고 들어와 불을 피우고, 화덕을 달구고, 기름과 조그만 개구리 다리를 넣은 팬을 가장 뜨거운 자리에 올려놓고, 더는 움찔거리지 않을 때까지, 튀지 않을 때까지, 바삭해질 때까지 지졌다.

그런 다음에 먹는다. 한 입. 그러는 내내 뭔가 잘못을 저질렀다고 생각하면서. 큰 잘못.

조그만 개구리를 죽인 일이.

그리고 다시 숲으로 돌아갔다.

이제는 더 아는 상태로. 사냥은 그저 죽이는 일이 아니라는 걸. 사냥은 보는 것이다. 알려고 보는 것. 보는 법을 배우고 알고 배우려고 보는 것. 먹을 것을 얻는 방법이지만 그보다도, 무엇보다도 배우는 방법, 아는 방법이다. 사는 방법.

사냥꾼.

보는 사람.

창으로는 안 되었다. 잉어를 잡을 수 있을 만큼 빠르지 않았다.

아주 가끔 우리는 계곡물이 웅덩이로 내려가는 길목에 낡은 후릿그물을 쳐서 잉어를 스무 마리 남짓 잡아 소금을 뿌리고 연기에 그을렸다. 불에 그을리면 맛이 좋았다. 연기 맛, 기름 맛, 소금 맛이 났다. 고기 한 마리가 피시본의 펼친 손 길이만 했다. 통통하고 매끄럽고 기름졌다. 하지만 피시본은 그물을 자주 치지 않았다. 그물로 전부 잡아버리면 고기가 남지 않을 거라고 했다. 하지만 내가 어쩌다 고기를 잡으면 팬에 구워서 얇게 썬 감자와 같이 먹었다. 살에서 뼈를 조심스레 발라냈다.

그런데 고기가 미끼를 물지 않았다. 오두막 뒤 헛간에 있는 상자에서 찾아낸 낚싯줄과 조그만 낚싯바늘로 낚아보려고 했다. 땅을 파 잡은 지렁이 몇 마리를 굽은 버드나무 가지 끝에 줄로 묶어 드리우자 잉어들이 다가왔다. 미끼 주위에 몰려드는 게 보였다. 그런데 잉어는 지렁이를 조금씩 조금씩 뜯어 먹기만 했다. 결국 지렁이가 바늘에서 떨어졌다.

창으로 잡을 수도 없고, 그물은 치는 일이 거의 없고, 바늘은 물지 않으니, 내 생각에 그냥 보고 배우기만 하다가 아무것도 못 잡고 엄청나게 배가 고파질 수도 있었다. 그런데 사실은 달마다 둘러보러 나라에서 오는 사람이 늘 가져오는 식량이 있었다. 밀가루와 베이컨 기름으로 언제라도 비스킷이나 그레이비(고깃국물 소스)를 만들 수 있었고 화덕 뒤 찬장에 쟁여 놓은 콩 통조림은 몇 개나 되는지 아무도 모른다. 그리고 스팸이라고 하는 고기 깡통도 있다. 피시본은 자기가 어릴 때 무척 힘들었던 적이 있었단다. 먹을 것이라고는 일주일 된 빵에 라드(돼지기름)를 바른 것밖에 없었다고 했다. 소금을 살짝 쳐서. 가끔 어머니가 어찌어찌 밀가루와 이스트를 구해서 빵이나 비스킷을 만들어 그레이비하고 같이 먹었다. 빵집에서 사 온 일주일 지난 빵에 발라 먹던 라드와 밀가루로 갈색 그레이비를 만들었다. 새 빵 한 덩이가 1페니였는데, 그 돈이 없었다. 그래서 묵은

빵에 라드를 하루에 세 번 먹었다. 그래서 피시본은 콩 통조림과 스팸을 남겨 놓는다. 혹시 모르니까, 하고 말한다. 힘들 때가 다시 올지 모르니까, 그때가 되기 전에는 쓰지 않겠다고 한다. 힘든 때. 배가 조금 고프다고 콩이나 스팸 깡통을 딸 수는 없다고 말한다. 밖으로 나가, 그가 말한다. 나가서 구해.

그래서 더 빠른 사냥법이 필요했다. 생각을 해보았는데 활을 만들어 곧고 가벼운 조릿대 화살을 쏘면 될 것 같았다. 활을 만들기에 적당한 나무만 찾을 수 있다면. 처음에는 느릅나무에 오래된 가죽장화 끈을 매보았는데 너무 약해서 휘어지거나 아니면 너무 단단해서 아예 구부러지지를 않았다. 이름을 모르는 다른 나무들을 써보다가 마침내 마른 버드나무로 결정했다. 꼿꼿이 서 있는 죽은 버드나무가 있었다. 한 해 전에 긴 산에서 물이 엄청나게 흘러내려 왔을 때 자라났다가 더는 물이 넘치지 않자 말라 죽어 옹이도 갈라진 데도 없이 똑바로 선 나무였다. 나는 내 손목보다 조금 가는 가지를 골라 부엌칼을 쥐고 끝부분이 가늘어지는 모양으로 대략 깎았다. 그러자 우리가 이런저런 물건을 던져 놓고 다시 쓸 일이 있을 때 뒤적거려 찾는 쓰레기더미에서 피시본이 깨진 유리 조각을 가져와 나무를 긁고 다듬는 법을 보여주었다.

활이 거의 내 키만큼 길었다. 나는 오래전에 살았던 로빈 후드라는 사기꾼 이야기를 읽은 적이 있다. 활을 정말 잘 쏘았다. 화살을 과녁에 꽂은 다음에 다른 화살을 쏘아 먼저 쏜 화살을 반으로 쪼갤 수 있다고 했다. 하지만 나는 나중에 사실은 그런 사람이 없었고, 영국 어느 교회 뒤에 있는 오래된 묘비에서 나온 이야기라는 걸 알게 되었다.

로빈 후드 여기 잠들다
그보다 뛰어난 궁수는 없었다

그게 전부였다. 그거 말고 다른 말은 어디에도 없었는데 사람들이 그 묘비를 보고 이야기를 만들어내기 시작했다. 로빈 후드 이야기 전체를 통틀어 정말이라고 볼 수 있는 것은 그것 말고 하나도 없다. 아무튼 좋다. 재미있는 이야기다. 다만 사실이 아닐 뿐.

그 책에서는 잘라서 적당한 모양으로 다듬은 나무 활을 활대라고 불렀는데, 바로 나에게도 있는 것이었다. 활대. 끄트머리에 활줄을 묶을 홈을 파고 가죽끈으로 연결하기 전 상태다. 활 가운데를 잡았을 때 활줄이 활 중심에서 내 손 한 뼘만큼 떨어질 정도로 활줄을 당겨 줄였다. 자르고 깎고 다듬는 과정은 지루했지만, 어느 저녁에 벽의 널판 사이로 솔솔 불어오는 밤

바람에 가물거리는 등유 램프 옆에 앉아 피시본이 이야기 노래를 하고 병에 든 술을 홀짝이고 내 머릿속에 말로 그림을 만드는 동안 나는 일을 했다.

무언가가 이야기 노래들이 스며들게 했다. 내 머릿속에 스며들어 살아 있는 것 같았고 내 안에 진짜로 있어서 색깔을 듣고 소리를 냄새 맡을 수 있을 것 같았다.

지난날의 이야기 노래들, 힘든 때의 슬픈 노래와 라드 바른 빵과 멜빵 청바지 두 벌이 하도 낡아 무명 밀가루 포대 조각으로 여기저기 기워 누더기가 될 때까지 입은 이야기. 같은 밀가루 포대로 만든 원피스를 입은 어린 여동생. 그 옷도 천 조각으로 때운 데가 하도 많아 동생한테 땜빵이라는 별명이 붙었다는 이야기. 그 어린 동생이 기침병으로 죽은 이야기. 잔기침이 너무 길고 심해서 동생이 기침할 때마다 피시본이 온몸으로 듣고 느낄 수 있었다는 것. 밤이면 밤마다, 낮이면 낮마다 계속되다가 마침내 끝이 나고, 끝이 났다. 기침이 끝이 나고 동생도, 땜빵이도 끝이 났다. 곡식단을 묶는 데 쓰는 낡은 캔버스 바인더에 싸서 묻었다. 나무 널이 대갈못으로 박힌 채로. 짚단에 문대져 반들거리는 오래된 널판 위에서 놋쇠 대갈못이 반짝거렸다. 똑같은 밀가루 포대 원피스를 입은 채로 들꽃 몇 송이를 손에 든 채로 묻혔다. 동생이 따서 냄새를 맡곤 하던 들꽃들. 집 뒤에 손으로 판 흙무덤에 묻혔다. 영원히 묻혔다. 영원히.

슬픈 노래였다. 너무 슬퍼서 피시본이 눈물을 글썽였다. 술 때문에 맺힌 눈물이 아니라 그 이야기를 할 때 맺힌 진짜 눈물이었다. 툇마루 바닥에 발을 끌고 두드리며 노래했고 동생을 묻었던 때를 떠올리며 늙은 목소리가 갈라졌다. 땜빵이. 파란 눈, 불그스레한 금발 머리, 늘 웃는 얼굴, 모두 같이 묻혔다. 노래의 한 소절도. 파란 눈과 머리카락과 웃음. 모두 묻혔다.

화살은 만들기 쉬웠다. 활이 탄력이 좋았다. 당기기에 무겁지 않으면서도 힘이 있었다. 활줄이 덩 하는 소리를 냈다. 낡은 기타의 가장 아래 줄을 세게 뚱길 때보다 낮은 소리였다.

강둑 아래쪽 늪 가장자리와 맞닿은 곳에서 자라는 조릿대가 물기가 적고 가벼웠다. 내 팔보다 조금 길게 다섯 대를 잘라 앞쪽을 바늘처럼 뾰족하게 깎았다. 뒤쪽에는 활줄을 끼울 가는 홈을 팠고, 활대를 잡고 내 힘으로 30센티미터 정도까지 당길 수 있었다. 뺨이나 턱까지는 당기지 못했지만 그래도 꽤 많이 당겼다.

개흙이 있는 강둑에서 서너 걸음 떨어진 데를 겨누고 쏘았는데 화살이 제대로 박혔다. 잘 맞았다. 한 뼘 정도 벗어났다. 하지만 좀 더 먼 곳도 한두 번 쏘아보았는데 활대에 깃털을 달지 않아서 화살이 다른 쪽으로 벗어나 버리고 겨냥한 곳 언저리에도 미치지 못했다.

하지만 이제 갓 사냥을 시작한 일곱 살이나 여섯 살이나 여덟 살 된 아이에게는 충분했다. 그래서 잉어를 찾으러 물가를 따라갔다. 잉어는 강바닥이나 아래쪽 물살이 오는 쪽에 머리를 두고 가만히 있곤 했다. 물 깊이가 무릎 언저리 정도밖에 안 되고 유리처럼 투명했다. 가만히 자리를 잡고 있는 잉어 한 마리를 골라 나는 그놈 위로 몸을 기울여 1미터 정도 되는 거리에서 시위를 당겼다. 밀가루를 묻혀서 베이컨 기름에 튀긴 맛이 거의 느껴지는 듯했다. 조심스레 겨누고…

빗나갔다.

조릿대 화살이 잉어 등 위로 멀찍이 날아가 강바닥에 박혔다. 거의 박혔다. 강바닥에 자갈과 진흙이 섞여 있어서 화살이 돌에 부딪혀 망가져 버렸다.

화살은 더 있었다. 네 자루가 더 있었다. 잉어는 강바닥 여기저기 있었으므로 나는 맨발로 물속으로 들어가 꿈쩍 않고 있는 다른 잉어에 살금살금 다가가 몸을 기울이고 시위를 당기고…

또 빗나갔다.

화살이 또 망가졌다.

쿳소리가 들려서 돌아보니 피시본이 툇마루 흔들의자에

앉아 나를 내려다보면서 어깨를 들썩였다. 가만 보니 웃고 있었다. 거의 소리를 죽여 웃고 있었지만 가끔 콧소리가 흥흥 났다. 피시본은 술을 한 모금 홀짝 마시더니 말했다. 물 때문에 꺾인다고.

무슨 말이에요, 내가 물었다.

네가 보는 걸 꺾어놓는다고. 그게 있는 곳, 네가 보는 것, 어떻게 보이는지가 꺾여.

잉어가 바로 저기 있는 게 보이는데요. 바로 코앞에 있어요.

그게 아니야. 네가 보는 것하고는 달라. 보이는 것보다 아래에 있어. 잉어 아래쪽을 겨눠봐. 배 아래쪽을 쏘려는 것처럼 말이야.

헛소리 같았지만 피시본은 헛소리를 하는 일이 거의 없었다. 틀린 말이나 쓸데없는 말도 안 했다. 말 한마디도 생각 하나도 허투루 하지 않는 것 같았다. 거의 침묵했지만 말을 하면, 피시본이 입을 열었다면 귀 기울이는 게 좋다. 그래서 강둑 근처 발가락 사이로 부드러운 개흙이 솟는 얕은 물에서 걷다가 잉어 한 마리를 또 찾아서, 몸을 기울이고, 내 손 너비 정도 아래쪽을 겨누고 시위를 놓았다.

또 놓쳤다. 하지만 이번에는 가까웠다. 훨씬 가까웠다. 조릿대 화살이 거의 잉어를 스쳤고 잉어는 물 가운데 깊은 곳으로 튀어갔다. 피시본이 말했다. 맞췄니. 나는 말했다. 아뇨. 근데 아주 가까워서 비늘은 맞췄을지도 몰라요.

조릿대 화살이 이제 하나 남았지만 괜찮았다. 강둑에 조릿대가 가득하고 부엌칼로 깎기도 어렵지 않았다.

여울에 다른 물고기 한 마리가 있어서, 다가가 가만히 서서 위로 몸을 기울였다. 커다란 왜가리 같은 새가 물고기나 개구리를 그런 식으로 잡는 걸 본 적이 있었다. 그냥 가만히 서 있고, 또 서 있고, 움직이지 않고, 씰룩거리지도 않고, 서서 보고, 기다리고, 기다린다. 물고기나 개구리가 새가 거기 있다는 걸 잊어버릴 때까지 기다린다. 물고기나 개구리가 그냥 원래 물고기나 개구리인 상태로 돌아가 그냥 그대로 있으면…

그때 친다.

날카로운 부리로 재빨리 찍어 꽂는다. 놓치는 일은 거의 없고, 물방울도 거의 튀지 않고, 거의 안 놓친다. 그런 다음 쳐든다. 개구리나 물고기를 공중으로 던져, 부리로 물어 삼킨다. 꿀떡하면 끝.

나는 잉어가 가만히 있을 때, 내가 있다는 걸 잊었을 때, 내가 나무 그루터기 같은 게 되었을 때 화살을 당겼다. 천천히, 아주 천천히 당겨 잉어의 배 가장자리를 겨누고, 깔끔하게 단번에 시위를 놓았다. 조릿대의 바늘처럼 뾰족한 끝이 잉어의 옆면 가운데 아가미 바로 뒤쪽을 뚫고 잉어를 강바닥에 꽂았다.

잡았어요, 피시본한테 말하고 몸부림치는 잉어를 화살로 꾹 누르고 손을 뻗어 잡아 쳐들고 다시 말했다. 깨끗하게 잡았어요.

잘했다. 그가 툇마루에서 말했다. 그건 내 거고, 이제 네 것도 하나 잡아서 밀가루에 묻히고 감자를 썰고 기름을 좀 녹이면 어두워지기 전에 맛있는 음식을 먹겠구나. 화덕이 뜨거우면 커피 한 주전자 끓여서 후식으로 각설탕을 물고 뜨거운 커피를 마시자.

그는 각설탕을 좋아했다. 많이 먹지는 않았지만 가끔 잇몸 사이에 설탕 한 덩이를 물고 커피를 그 사이로 흘려 마셨다. 그러면 속이 편해진다고 했다. 가끔은 술을 마실 때도 그렇게 했다. 잇몸으로 설탕덩이를 물고 술을 흘려 넣었다. 그렇게 해도 속이 편해진다고 말한 적은 없지만 그것도 아주 좋아했다. 피시본은 나도 각설탕을 입에 물고 물을 탄 묽은 커피를 마실 수 있게 해줬다. 나는 너무 작아서 화덕에서 끓인 진한 커피를 그대로 마시면 안 되고 술은 한 방울도 안 된다고 했다. 한번은 내가 똑똑한 척이 최고에 달했을 때 그가 모르는 사이에, 아니면 알면서도 건방 떠는 나한테 가르침을 한 번 더 주려고 모른 척할 때, 잇새에 각설탕을 물고 진한 커피를 한 잔 가득 마셨는데 그날 밤새 잠을 못 잤다. 오줌 누러 열 번은 들락거렸다. 그때가 여섯 아니면 일곱 아니면 다섯 살이었을 거다. 별로 좋지 않았다. 술로는 한 번도 그렇게 해 보지 않았는데, 한번 딱 한 모금만 살짝 혀에 닿을 정도로 맛본 적이 있었다. 어찌나 뜨거운지 입에 불이 붙은 줄 알았다. 피시본은 어떻게 그렇게 고요히 앉아서 병째로 홀짝홀짝 마시면서도 괴로워하지 않는지 아직도 모르겠다. 내가 그렇게 하면 머릿속이 곤죽이 되어버릴 거다. 나는 아직 어리니까, 내가 어떻게 피시본과 같이 살게 되었나 하는 이야기 중 어떤 게 진짜냐에 따라 아마 열 살이나 열한 살이나 열두 살이니까. 각설탕을 물고 술하고 진한 커피를 마시려면 아직은 더 커야 하는가 보다.

술이 그를 많이 힘들게 하는 것 같지는 않다. 입이나 뇌나 몸을. 하지만 그는 늙었다. 그가 말하기를 흙만큼이나 늙었단다. 아마 그래서일 거다. 늙어서 가죽이나 단단한 나무나 녹슨 쇠처럼 질긴 거다.

하지만 술은 그의 입에서 노래가 술술 나오게 한다. 그것만은 사실이다.

세 번째 노래: 맨발 블루스

2달러짜리 신발,

2달러짜리 신발,

내 발가락 꼬집어, 블루스를 부르게 하렴.

아무것도 할 수 없어,

끙끙거리고 우는 것밖에

사람이 와서 나를 감방에 넣었어.

훔쳤다고,

2달러짜리 신발을.

블루스 부르는 것 말고 아무것도 할 수 없네.

4장

화덕연기

...

가끔은 사냥을 하는 게 아니라 어딘가로 들어가는 것만 같았다. 내가 아는 것. 내 일부처럼 몸에 걸치는 것 안으로. 나무나 풀이나 계곡물이나 연못이나 수풀이 마치 옷이고 살갗인 양. 나 자신. 전부 나였다.

피시본한테 그 이야기를 하려고 했다. 내가 그 안에 스며들어갔다는 것, 더 잘 알게 된다는 게 어떤 기분인지. 처음에는 내 말이 피시본 머릿속에 안 들어간 줄 알았다. 피시본이 조금 웃었다. 이를 드러내는 웃음이 아니었다. 생각 속에서 무언가를 보느라 내 말은 전혀 듣지 않는 듯 눈을 감았다.

그런데 내가 틀렸다. 대체로 그랬다. 늘 내가 틀렸다. 피시본보다 생각이 앞서간다 싶으면 늘 그랬다.

그럴 수가 있단다. 피시본이 말했다. 네 주위 모든 것, 네 삶, 네가 무얼 하는지, 무얼 했는지, 무얼 할지. 네가 보고 느끼고 듣는 모든 것, 네가 하는 모든 것. 네가 어떤 사람인지. 네 삶에서, 제대로 보고 제대로 알면, 스스로 생각해서 안다면 평생 그걸 걸치게 될 거야.

너의 모든 것, 네가 될 모든 것이 마치 외투 같을 거다. 피시본이 말하며 웃음을 지었다. 여러 가지 빛깔로 된 외투 같을 거야.

화살.

나는 조금 더 나이를 먹었다. 여덟 살이 넘었거나 어쩌면 아홉 살이 넘어서 화살을 더 잘 만들게 되었다. 그래서 화살이 더 멀리 날아가고 똑바로 나아갔다. 오두막 아래 늪지 근처에서 가재나 큰 황소개구리를 잡으려고 살피다가, 커다란 왁새 날개 한 쌍을 발견했다. 날개 끝 쪽 커다란 깃털이 고스란히 붙어 있었다. 왁새는 부리가 날카롭고 길다. 개구리나 작은 물고기, 가끔 작은 뱀도 잡아먹는 늪에 사는 새다. 피시본은 이 새를 다른 이름으로 부르기도 한다고 했다. 어떤 사람들은 왜가리라고 부르고, 하얀 것은 백로라고 부른다지만, 자기는 늘 왁새라고 들었다고 했다. 물가 수풀에 날개가 널브러져 있었다. 양쪽으로 쫙 펼쳐진 사이에 큰 새가 있을 것 같았지만 사라지고 없었다. 머리고 내장이고 뼈고 다리고 흔적도 없었다. 날개 주위에 작은 발자국이 있었다. 올드블루 발자국과 비슷했지만 훨씬 작았다. 내 손바닥 절반 정도 크기였는데 올드블루가 연한 물풀이나 개흙 위를 지나가면 내 손보다 훨씬 큰 발자국이 남았다. 아마도 붉은 여우나 회색 여우가 새를 잡아서 물고 갔을 거고, 너무 큰 날개가 거추장스러워 잘라냈을 것이다.

깃털. 책에서 봤다. 책에서 로빈 후드와 사람들이 같이 뛰는 그림을 본 적이 있다. 로빈 후드는 실제가 아니라 그냥 이야기다. 그림에서는 사람들이 등에 화살통을 메고 있었는데 그 안에 들어 있는 화살은 다 깃털이 붙어 있었다.

이제 나에게 왁새 깃털이 생겼다. 화살에 왜 이게 필요한지는 정확히 몰랐지만 책에 나온 그림에서는 화살마다 끄트머리에 깃털이 있었다. 틀림없이 뭔가 까닭이 있었다. 나한테는 물가에서 꺾은 조릿대로 만든 화살이 있었다. 그러니까 화살에 깃털을 다는 법만 알아내면 되었다.

쉽지는 않았다. 깃털에 가운뎃줄이 있어 칼날로 조금만 힘을 주어도 쉬이 둘로 쪼개진다는 것을 알아냈다. 그래서 깃털을 반으로 쪼개 한쪽 면은 반듯하고 다른 쪽에는 부드러운 털이 있는 모양으로 만들었다. 나는 저녁에 램프 옆에 앉아 조릿대 화살과 한쪽이 평평한 깃털 조각을 들고 어떻게 붙일지를 고민했다. 오두막에는 풀도 테이프도 없었다. 조릿대를 갈라서 그 틈에 깃털을 끼워보았지만, 화살을 날리면 깃털이 빠져 버렸다.

실로 묶어. 피시본이 말했다. 반짇고리에서 실을 가져와.

실로 깃털 사이를 가르면서 화살하고 같이 묶어. 깃털 두 개를 서로 반대편에 달아. 그리고 실을 두 번 매듭지어 묶어. 깃털 길이를 손가락 길이 정도로 하면 잘 날 거야. 곧게.

어떻게 알아요, 내가 물었다. 피시본은 아파치가 그렇게 한다고 말했다.

아파치가 어떻게 하는지 어떻게 알아요, 하고 또 물었다. 아파치가 뭔지 확실히 알지도 못하면서 그렇게 물었으니 나는 최고로 똑똑한 척 굴은 셈이다. 파란 머리 아줌마가 나중에 미국 남서부 원주민에 관한 책을 보내주기 전까지는 몰랐다. 아파치는 엄청나게 용감한 원주민 부족이어서 이들을 막으려면 부대 전체가 나서야 했다. 하지만 피시본이 실로 깃털을 고정해 화살을 만든다고 말했을 때는 그걸 몰랐다. 그래서 다시 물었다. 어떻게 알아요?

그런데 피시본의 눈이 흰자 가장자리만 살짝 보일 정도로 감겼고 입가에 미소가 떠올랐고 기억 속에서 헤맬 때처럼 먼 데를 보는 것 같았다. 발이 마룻바닥에서 미끄러지듯 움직거리기 시작해 피시본이 이미 저 멀리 가버렸다는 걸 알 수 있었다. 저 멀리 다른 곳으로 가버린 것 같다고 생각했는데, 피시본이 꿈꾸는 듯한 표정을 띠고 잇몸을 드러내며 웃으면서 말했다. 화덕연기.

그런 식으로 한마디 하고는 끝이었다. 내가 물었다. 그게 뭔데요? 화덕연기가 뭐에요?

네가 움직이는 방식 말이다. 숲속에서 움직일 때는 칼날이 물을 가르는 것처럼. 안개처럼, 축축한 아침 화덕에서 솟는 연기처럼 몸을 낮추고 나무 사이를 미끄러지는 거지.

그렇게 있는 거 말이야.

툇마루에 앉아서 네가 몸을 낮추고 연기처럼 미끄러지는 걸 봤어. 네가 지나간 뒤에는 마치 아무 일 없었던 것처럼 그 자리가 아물어 들더라.

연기처럼.

화덕연기처럼.

피시본이 나를 보고 있다는 것조차 모를 때가 종종 있다. 피시본은 거의 늘상 생각 속에서 둥둥 떠다니며 눈을 감고 있는 듯 보였다. 나를 보았다고 했지만, 툇마루에서 내가 나무 사이로 움직이는 걸 보았다고 했지만, 그 말을 듣기 전에는 피시본이 나를 거들떠라도 봤다면 손에 장을 지진다 했을 것이다.

그런 때가 있었단다, 그가 말했다. 사과 속 지미가 불쑥 나타나던 때가 있지. 한참 전에 한 번, 그러다가 나중에 또 한 번. 그런 식으로 움직였어. 항상 화덕연기처럼 움직였어. 테이블에 앉아 포커를 칠 때도 마치 연기처럼 거기 있으면서도 그 자리에 없었어. 지미는 고급술을 마셨지. 늘 살짝 구름 속에 있는 것 같은 기분이 되려고 달콤한 밀주와 오래된 버번을 마셨어.

한국에서 막 돌아왔을 때에는 좀 달랐어. 그때는 정부에서 그를 서커스 조랑말 취급했거든. 돈 많은 사람들이 있는 곳으로 보냈어. 군인이 되는 게 좋은 것처럼 보이게 그를 이용했지. 나라를 위해 몸 바친 영웅이라고. 그래야 돈 많은 사람들이 지미를 데리고 다니는 정부 사람들에게 돈을 내니까. 목줄만 안 했다 뿐이지 짐승처럼 끌고 다녔지.

그러다 어떤 사람이 지미가 기관총을 손으로 들고 쐈다는 말이 거짓말이라고 했어. 지미의 손에 기관총 때문에 생긴 화상 흉터가 있었는데도 말이야. 지미는 아무 말도 하지 않고 무대 위 그릇에 담겨 있던 사과 한 알을 객석으로 던졌어. 어찌나 세게 던졌는지 그 남자는 나가떨어졌고 사과가 터져서 사과 속만 땅에 떨어졌어. 그래서 사과 속 지미라고 불리게 된 거야. 훈장보다 그 사과를 더 자랑스러워했지. 훈장은 가지고 다니지 않았지만 신문에 실린 사과 던지는 사진은 늘 지갑에 간직했어.

내가 한국에서 총을 좀 맞아서 땜질을 받으려고 기다리다가 지미를 만났어. 피투성이인 채로 토하면서 욕지거리를 내뱉는 나를 흘긋 한번 쳐다보며 지미가 말했어. 플로리다 근처 바다 어디에 정부가 새 지프와 트럭이 가득 실린 바지선을 그냥 없애버리려고 물속에 처넣었다고 하더군. 15미터 깊이 밖에 안 되는 물속에 버려졌는데 자기가 잠수복과 낡은 보트를 빌릴 데를 아니까 부자가 될 수 있다고 했어. 완전 부자가. 어떻게, 하고 물으니 타이어, 라고 했어. 타이어가 전부 새것이고 튼튼한 튜브에 질 좋은 고무로 만들었고 공기도 빵빵하니까, 타이어 나사만 풀면 물 위로 떠오를 거라고.

매끈하지, 지미가 말했다. 콧물 묻은 유리 손잡이처럼 매끈해. 돈을 줍는 거나 다름없어. 훔치는 게 아니야. 지미가 말했어. 정부에서 버린 거야. 그래야 사람들이 구형 지프와 트럭을 쓰는 대신 새 차와 새 타이어를 살 테니까. 전부 지미가 말한 대로 되었어. 돌아가면서 잠수복을 입고 깊고 깊은 물속으로 들어가서, 나사를 풀면 타이어가 물 위로 솟구쳐 올랐지.

화덕연기처럼, 피시본이 말했다. 그런 식으로 살았어. 연기가 나무 사이로 흐르는 것처럼. 모든 일이 딱 그렇게 되었어. 지미가 말한 그대로, 피시본이 말했다. 매끈했지. 우리는 꺼낼 수 있는 타이어는 모조리 꺼냈어. 슬금슬금 다가오는 상어들만 좀 성가셨는데 드라이버로 코를 푹 찌르면 홱 달아나 버렸어. 그렇게 돈을 벌었지. 그러고 더 벌었어. 주머니에 넣고도 남아서 장화 속에 쑤셔 넣었어. 우리가 쓸 수 있는 것보다 더 많은 돈. 넉넉한 돈. 넘치는 돈. 지미가 거의 새것 같은 브이형 8기통

모터가 달린 49년식 포드를 사고도 남았어. 거의 새것이고, 빨랐어. 목이 꺾이고 어깨가 젖혀질 정도로 빠르고, 비명처럼 빠르고, 2단 기어에서 바퀴 자국을 남길 정도로 빨랐지. 정말 빨랐어…

어찌나 빠른지 지미의 남은 생을 모조리 날려 버릴 정도였어. 모든 게 사라졌지. 여자를 만났어. 술 마시고 놀 여자가 아니라 결혼해서 같이 살고 같이 삶을 꾸릴 여자. 여자를 태우고 드라이브를 갔어. 멋진 차, 커다란 엔진을 단 49년식 포드에.

셜린이 그와 함께 차에, 빠른 차에 탔어. 차에서 맥주를 마셨어. 위스키는 아니었지만 그래도 마찬가지였어. 맥주가 시속 160킬로미터, 그 이상으로 달리는 지미와 셜린을 다리 위 자갈에서 미끄러뜨려 흙 강둑으로 세게, 아주 세게 고꾸라지게 했어…

사과 속 지미는 서부에서 온 아파치였다. 피시본과 같이 한국이라는 곳에 갔고, 피시본이 얼어 죽지 않도록 얼어 죽은 남자 둘 사이에 묶어 지프 후드 위에 올려서 피시본이 나머지 삶을 살 수 있게 했다. 지미는 나머지 삶을 살 수 없었지만. 없었다. 흙 강둑에 처박힌 뒤에는 삶이 없었다.

구분할 수가 없었단다. 피시본이 말했다. 지미와 셜린하고 49년식 포드를 구분할 수가 없었어. 전부 강둑 흙 속에 뒤섞여서. 가버렸지. 밀가루 포대 원피스를 입고 캔버스천에 싸여 묻힌 어린 동생처럼. 지프 후드 위에 있던 얼어 죽은 두 남자처럼 가버렸어. 죽었지.

가버렸어.

하지만 지미한테 낡은 화살이 있었어. 돌화살촉과 말라비틀어진 깃털이 달린 휘어진 나무 화살. 한국에서도, 술을 마실 때도, 타이어를 꺼내러 잠수할 때도, 결국에 49년식 포드와 끝을 맞이할 때도 기름 먹인 부드러운 사슴가죽에 싸서 지니고 다녔어. 가죽에 싸서 기름 먹인 가죽끈으로 묶어서. 부적 같은 화살이라고 했어. 아주, 아주 오래된 거라고, 돌화살촉으로만 사냥하고 먹고 살고 지냈을 때의 것이라고. 그렇게 살았다고. 피시본이 지미에게 거짓말인 것 같다고 말했을 때, 군대 천막 안에서 어느 날 밤 둘 다 취했을 때 피시본이 네가 만든 화살 아니냐고 물었을 때, 지미는 그저 웃기만 했다. 화살을 꺼내더니 만져 보라고 했다. 봐. 느껴 봐. 그럼 알 거야. 어떤지, 어땠는지, 어떨지 느낄 거야. 피시본이 화살을 만졌는데 따스한 느낌이었다. 손을 통해 따스함이 온몸으로 번지는 것 같았다.

길을 가리키는 거야. 옛사람들로부터 이어진 길, 시간을 헤아리기 전부터, 백인이 오기 전부터, 우리더러 따르라고 옛사람들이 만들어놓은 길 이전으로부터. 지미가 피시본에게 말했다.

삶이 끝나면 우리가 모두 가야 할 진정한 길을 일러주는 거야. 돌화살촉이 길을 보여줘. 네가 믿는다면, 화살이 가리키는 길의 마법을 믿는다면 단 하나의 진정한 영혼의 길을 보여주지.

믿어봐.

피시본은 그때 알았다고 한다. 그게 정말 사실이고 지미에게 길을 보여줄 거라고 믿었다. 지미와 셜린이 강둑에 처박혀 영혼의 길로 여행을 떠났을 때, 피시본은 그 화살이 길을 보여줄 거라는 걸 알았다.

화살은 사라졌지만, 적어도 피시본이 알기로는 사라져 버렸지만, 피시본은 그 화살을 봤고 만듦새를 보았다. 어떻게 깃털 위를 실로 감아서 고정했는지. 그래서 나도 피시본이 일러주는 대로 했다.

왁새 깃털을 반으로 쪼개서 조릿대 화살 뒤쪽 활줄을 거는 자리 조금 앞에, 실로 깃털을 띄엄띄엄 감으면서 묶었다.

활을 쏘자 화살이 옆으로 비껴가지 않고 길을 따라갔다. 내가 연습용 과녁으로 쓰는 흙더미까지 곧은길을 따라갔다.

그래서 이제 더 멀리 쏠 수 있었다. 약간 더 멀리, 좀 더 정확하게. 나는 더 힘 있는 활을 만들려고 생버드나무 가지를 잘라 말렸고 조금은 피시본이 말한 것처럼 되었다. 화덕연기처럼. 움직였다.

움직일 때…

움직이는 방식이…

오두막에서 나와 나무, 잎, 풀, 숲 전체인 모든 것의 일부가 되는 방식… 나는 오두막 주위를 돌았다. 오두막으로부터, 피시본으로부터, 내가 어떤 존재인지, 무엇이었는지로부터 점점 멀어지며 점점 더 큰 원을 그렸고 무언가 다른 것이 되었다. 더 큰 것. 무언가 더 크고 새로운 것. 새로웠다.

그렇지만 생각은 멀리 떠나지 않았다. 생각 속에서는 피시본을 떠나지 않았다. 날마다 하루의 끝에서 사냥하고 보고 배우는 원을 마무리했기 때문이다. 날마다 해가 서서히 기울고 마침내 지고 저물 때는. 날마다 오두막으로 돌아왔다. 다시 피시본에게 가서 내가 무얼 보고 무얼 했는지 이야기하고 피시본도 이야기했다. 무얼 보고 무얼 했는지.

볼 것들…

나를 통해 볼 것들.

아침 일찍 동도 트기 전에 나는 빈터에 있는 작은 연못으로 갔다. 완벽했다. 가장자리에 풀이 자라고 완벽하게 둥글었다. 나는 젖은 풀 사이로 맨발을 집어넣고 발가락 사이로 땅을 느끼다 멈췄다. 거기 그게 있었다. 작은 암사슴. 연못 건너편에서 물을 마시다, 내가 나타나자 고개를 들었다. 나를 보았지만 달아나지는 않았다.

그냥 서서. 가만히. 나도 가만히 있었다. 막 햇빛이 연못 위로 들기 시작해 사슴을 비추었다. 사슴이 고개를 들자 입에서 물방울 두 개가 떨어졌다. 시간이 느리게 흐르는 것처럼 천천히 연못에 떨어져 마치 보석처럼 완벽하게 둥근 잔물결 두 개를 만들었다.

완벽한 보석. 둥근 보석 같은 잔물결이 빛 속에서 퍼졌고 사슴은 나를 영원히, 내 마음속에서 영원히 바라보았다. 내 머릿속에 가득하고 언제나 거기에 있을, 언제나 내 생각 속에 있을 그림이 되었다.

맛을 느낄 수 있었다. 냄새와 맛을 느낄 수 있었다. 사슴은 고기고 이제 나는 사냥꾼이었고, 앞으로도 영원히 사냥꾼이므로 혀 가장자리에서, 내 숨결에서 냄새와 맛을 느낄 수 있었지만, 쏠 수가 없었다. 활도 화살도 옳지 않았다. 뾰족하게 깎은 조릿대일 뿐 날도 없었다. 그것으로는 안 되었다. 큰 짐승에 쓸 수 있을 만큼 날카로운 날이 없었고 활 힘도 좋지 않았으니 안 되었다. 이번에는 안 돼. 쏘지 않아. 그렇지만 거기 있었다. 여전히 앞으로도 영원히 맛을 느낄 수 있었고 내 생각, 맛, 냄새로 느꼈으니 사슴이 몸을 돌려 숲속으로 들어가 버렸어도 나는 그 사슴을 가진 것이었다. 내 것이었다.

언제까지나 내 것일 것이다.

언제까지나.

언제까지나 나는 화덕연기처럼 움직이는 사냥꾼일 것이고, 언제까지나 어떤 면에서나 그 사슴은 내 것이다. 불러내어 보고 맛보고 냄새 맡을 수 있는 내 것. 언제까지나. 나는 그날 저녁 피시본에게 그 이야기를 했다.

툇마루에 램프를 켜놓고 앉아 내가 사냥을 하다가 연못에서 사슴을 만났을 때 이야기를 피시본에게 하려고 애썼다. 쏠 수 없었지만, 잡을 수는 없었지만 그래도 내 것이라고. 내가 보고 냄새 맡고 느끼고 맛을 느끼고 사슴을 알았고 언제나 알 것이기 때문에. 그러자 피시본이 자기의 두 번째 영원한 여자 이야기를 해주었다. 첫 번째 영원한 여자가 그가 한국에서 총을 좀 맞는 동안 떠나가고 난 뒤에 만났다.

그의 마음을 훔치고 영혼을 빼앗아가고 가슴을 쪼개어 놓은 두 번째 영원한 여자.

그런데 아니었다.

두 번째 영원한 여자가 아니었다.

내가 사슴, 그 사슴을 쏘지 않은 것과 마찬가지로.

이름은 주디스 이브였다.

주디스 이브의 이야기다.

그렇지만 이야기 하나만으로는 이야기가 안 되지, 피시본이 말했다.

발을 끌고 구르고, 끌고 구르고, 낡아서 번들거리는 툇마루 위에서 낡은 신발이 움직였다.

끌고 구르고, 끌고 구르고, 술 한 모금. 낡은 마룻장도 스스로 소리를 내는 것 같았다. 아기 장난감 북처럼. 두둥두둥 슥퉁 슥퉁…

이야기는 지붕 위의 오래된 삼나무 널빤지 같은 거야, 피시본이 말했다. 그냥 보기 좋은 삼나무 널빤지가 있기만 해서 되는 게 아냐. 지붕이 새지. 다른 널빤지를 깔아야 돼. 서로 겹쳐서, 한 장에 한 장을 겹쳐서 지붕에서 비가 새 들이치지 않도록, 이야기가 되도록. 이야기가 흐르도록.

같은 거야.

이야기하고 같아. 이야기 하나로는 안 돼. 하나는 안 되고 다른 것들하고, 다른 이야기하고 겹쳐야 돼.

결국 아니었던 두 번째 영원한 여자의 이름은 주디스 이브였어. 결국 아니었지만 언제나 그러할.

주디스 이브.

그렇지만 혼자는 아니야. 그냥 일어나는 게 아니야. 갑자기 그냥 거기에 있었던 게 아니야. 다른 이야기, 다른 곳에서 나와

야 돼. 다른 이야기들과 겹쳐야 해.

자동차 이야기에서.

빠른 차와 흰 번개. 밀주 같은 이야기. 저기 산에서, 컴컴한 동굴에서 만들어서 항아리나, 병이나, 나무통에 담아두던 술을 흰 번개라고 했다.

옛날 사람들이 다른 나라, 저 멀리 유럽, 스코틀랜드 같은 곳에서 방법을 배워 와서, 여기 어두운 산속에 증류기를 세우고 옥수수와 밀로 위스키를 이전 어느 때보다 많이 만들었다. 조지 워싱턴보다도. 조지 워싱턴한테 양조장이 있어 한 해에 3만 갤런을 생산했다고 한다. 그리고 조지 워싱턴은 정부에서 다른 위스키, 산 사람들이 만드는 위스키에 세금을 매기게 했다. 자기와 경쟁하지 못하도록.

그러려고 했다.

군대를 이용해서 세금을 거두려고 했다. 군대를 동원해 다른 사람들이 술을 만들지 못하게 했다. 술 만드는 것을 불법으로 만들려 했고 거의 그렇게 됐다.

다른 사람들이 술을 만드는 걸 죄가 되게 했다.

자기는 괜찮았지만. 그나 다른 부자들, 거물들은 술을 만들어도 괜찮았다.

그렇지만 다른 사람들에게는 법에 어긋나는 일이 되었다.

그래서 군대가 짓밟았다. 독립 전쟁에서 이긴 군대, 우리 모두를 자유롭게 하려고 8년 동안 싸운 그 군대가. 아니 여자와 흑인과 원주민과 가난한 사람들은 빼고. 이 사람들은 그들이 무어라 했든 어떻게 했든 자유로워질 수 없었다. 견뎌야 했다. 산에서 나와서 견디거나 아니면 자유로워질 수 없었다. 숙이고 견디거나, 술을 만들어서 어둠 속에서 팔아야 했다. 전혀 자유롭지 않았다. 숨겨야 했다.

그렇지만 나머지 사람들, 돈 많은 사람들과 백인들은 자유로웠다.

술을 만들어서 통에다 넣어 다른 것과 바꾸거나 팔아서 먹고 살려는 사람들 말고는 자유로웠다.

전부 불법이었다. 그때는 전부 불법이었고 계속 불법이었다. 해가 지나도 같은 법이 술 만드는 일을 계속 불법으로 만들어서 그것 때문에 전쟁이 벌어졌다. 언덕 위에서 전쟁을 벌였다. 위스키 전쟁이라고 했는데 술을 만들고 싶어 하는 사람들을 모두 짓밟았고 군대가 이겼다. 위스키 반란을 진압했다.

여전히 불법이었을 때 피시본과 지미가 왔다. 바다에 가라앉은 바지선에서 떼어낸 타이어로 돈을 벌어 주머니를 채우고도 돈이 남아, 장화 속에 숨길 만큼 많았다. 그러고도 남아서 지미가 49년식 포드를 사서 셜린을 데리고 맥주에 취해 강둑으로 떨어져 영혼의 길을 따라가는 여행을 시작했다.

물에서 타이어를 건져서 돈을 많이 번 피시본도 차를 한 대 샀다. 같은 차였다. 49년식 포드 투도어 쿠페, 커다란 브이형 8기통 엔진이 달렸다. 피시본은 정비 기술도 좀 배웠다. 비행기에서 떼어낸 송풍기와 과급기를 기화기 위에 달아 가속 페달을 밟으면 공기가 분출해서 차가 미친 듯 빠르게, 사악한 듯 빠르게 바뀌었다. 어찌나 강력한지 올라타서 밟으면 그냥 타이어가 찢어질 지경이었다.

미친 차.

그리고 사우스캐롤라이나에서 어떤 남자를 만났는데, 사악하게 빠른 차를 가진 사람이 돈을 더 많이 벌 수 있는 곳이 있다고 했다. 장화에 다 쑤셔 넣을 수 없을 정도로 많은 돈을. 원한다면.

원한다면.

차 트렁크에 철 탱크를 달고, 50갤런짜리 철 탱크를 달고, 그 안에 흰 번개를, 밀주를 가득 채우고 북쪽 다른 마을로 가서 거기에서 유리병에 나눠 담고 차와 화약을 좀 타서 색을 낸 다음 멋진 상표를 붙여서 팔게 하길 원한다면. 사제 위스키라고 했다. 부자의 위스키라고도 했다. 가난한 사람이 만들지만. 그런 걸 원한다면, 1갤런에 5달러를 벌 수 있었다.

250달러.

한 번 갈 때마다.

공장 노동자가 노예처럼 일하고 일주일에 33달러를 받을 때, 33달러를 벌기 위해 일주일에 엿새를 쓰러질 때까지 일할 때, 피시본은 네 시간도 안 되는 운전으로 250달러를 벌 수 있었다.

만약에.

단속반이 길에서 기다리고 있다가 붙잡지 않으면. 차를 세우지 않으면. 총을 쏘지 않으면. 불로 태우지 않으면. 박살 내지 않으면.

만약에.

거기 돈이 있으면.

만약에…

그래서 피시본은 그걸 했다. 트렁크에 탱크를 달고, 탱크 무게를 감당하기 위해 뒤쪽 스프링을 보강하고, 속도와 무게 때문에 타이어가 펑크 나지 않도록 두꺼운 트럭용 타이어를 끼우고, 흰 번개가 가득한 탱크를 달고 한밤중에 그 길을 달렸다.

천둥길이라고 불렀다.

천둥길.

날씨 때문에 하는 말이 아니다. 그때 차 운전자들이 추진력을 더 얻으려고 배기가스가 머플러를 거치지 않고 나가게 차를 고쳤기 때문이다. 속도를 눈곱만큼이라도 더 높이기 위해. 귀에서 피가 날 것 같은 우렛소리가 났고, 귀에 솜을 틀어막고 달려도 그 뒤로 이틀 동안은 아무 소리도 듣지 못했다. 미친, 사악하게 미친 속도였다. 시속 130킬로미터로 달리라고 만든 차를 160킬로미터, 190킬로미터, 210킬로미터까지도 밀어붙였다.

언제나 달이 없는 밤에 달렸다. 자정에 출발해서 캄캄한 어둠에 비명을, 함성을 지르는 구멍을 뚫고 달렸다. 어찌나 빠른지 자기 전조등 불빛을 밟고 달리고, 어찌나 빠른지 포탄보다 빠르게 차단벽을 치고 달리고, 어찌나 빠른지 불가능할 정도로 달렸다.

그런데도 그렇게 했다. 피시본이 말하길 그렇게 했다고 한다. 피시본이 그걸 했다. 하지 않을 수가 없었다. 해야만 했다고 했다.

해야만 했어.

세상에, 그걸 해야만 했어. 피시본이 말했다. 무엇 때문에? 돈 때문이었지, 일단은. 미친 속도에 미친 돈, 그들 중 누구도 본 적이 없을 만큼 많은 돈, 계속 돈이 들어오고 더 들어와. 돈만이 아니었어.

사람을 바꾸어 놓았어.

모두 달라졌어. 시골에서 온 사람도 있고, 전쟁에 갔다 온 사람도 안 갔다 온 사람도 있고, 읽을 줄 아는 사람도 모르는 사람도 있고, 많이 아는 사람도 아닌 사람도 있었어.

그전에는 제각각 다른 사람들이었지.

그전에는.

불가능할 정도로 빠른 차로 흰 번개 길, 천둥길을 달리기 전에는. 포드, 쉐보레, 심지어 캐딜락도 있었어. 보통 차를 야생마로 바꾸었지.

집고양이를 퓨마로 바꾸는 거나 마찬가지라고 피시본은 말했다. 어떤 면에서는 같은 동물이지만 사실은 전혀 달랐다. 라디에이터가 터지고 때운 데가 터져 길 위에 기름을 흩뿌리고 차축이 휘고 앞 유리가 쪼개지고 사고가 나면 곤죽이 되어 버리는 차들이 전부, 다음 짐을 길 위로 끌고 가려고 싸웠다.

미쳤지, 피시본이 말했다. 모두 미쳤다. 똑같이 미쳤다. 절대 아끼지 않고 탕진해 버릴 돈에 미쳤고 속도에 미쳤다. 다들 큰길에서 멀찍이 떨어진 숲속에 있는 판잣집이나 낡은 트레일러에 살았다. 흙길로 차를 몰고 들어가면 집이 있고 차를 수리하는 헛간이 있었다. 헛간 앞에는 통나무나 A자 모양 틀이나 나뭇가지에 여분의 엔진이 대롱대롱 매달려 있고 늘 누군가가 엔진을 수리하고 있다. 달리고 있거나 잡혔거나 감방에 들어가지 않은 누군가가.

가끔 그런 날이 있었다. 운반할 흰 번개가 없는 날. 이틀, 사흘씩도. 그러면 좀 쉴 것 같지. 피시본이 말했다. 혼자 있으면서 쉬겠거니 싶지. 그런데 아니었어.

다 같이 남쪽으로, 플로리다로 갔다. 데이토너 해변까지 내려가 달릴 수 있는 드넓은 곳으로 가서 술통이 빈 차로 서로서로 경주를 했다. 구치소나 교도소에 들어가지 않은 사람들끼리 안전띠도 헬멧도 없이 경주했다. 미친 듯 사악하게 빠른 차로 드럼통 위에 올려둔 돈을 걸고 경주를 했다. 가진 돈 전부, 술을 북쪽으로 나르고 번 돈 전부를 걸고 바닷가에서 비명처럼 빠르게 달리며 맥주를 마셨다. 가끔은 밀주를 마시며 서로 싸웠고 가끔은 사고를 내서 죽었다.

이제 주디스 이브가 나온다.

피시본의 두 번째 영원한 여자.

아무도 주디라고 부르지 않았다. 이브라고도 부르지 않았다.

언제나 주디스 이브라고 불렀다. 고귀한 여자였어. 피시본이 말했다. 지금껏 살았던 어떤 여자보다도 고귀했어. 바비 J와 같이 경주장으로 오곤 했어. 본명이 뭔지는 몰라. 그냥 바비 J라고 했어. 바비 J가 개조하고 뒤쪽을 보강한 53년식 포드로 거의 매번 이겼어. 차에 무언가 포악한 엔진을 달아서 빛만 빼고 무엇이든 앞지를 수 있었지. 그자가 주디스 이브와 함께 차를 타고 나타나서, 경주에 돈내기를 하러 온 동네 사람들 앉으라고 널빤지를 갖고 날림으로 만들어 놓은 관중석에 주디스 이브를 앉혔지.

주디스 이브는… 완벽하게 앉아 있었다.

그저 예쁘다거나 아름답다거나 그런 게 아니었다. 숱 많은 갈색 머리가 허리까지 치렁치렁 늘어졌다. 머리카락 안에 불빛이라도 켠 듯 반짝거렸다. 커다란 갈색 눈, 가장자리가 아주 살짝 올라간 눈, 막 웃음을 지으려는 듯했고, 그 여자가 웃을 때는 깊은 숲속에서 은종이 울리는 것 같은 소리가 났다. 그 소리를 들으면 왜 웃는지 모르면서도 같이 웃지 않을 수 없었다.

몸은, 어른 남자를 버터밀크처럼 만드는 몸이었지. 피시본이 말했다. 내가 그게 무슨 뜻이냐고 묻자 나중에 알게 될 거라고 했다. 아직도 잘 모르겠으니 아마 한참 더 나중이 되어야 하는 모양이다. 주디스 이브는 흰 티셔츠와 반바지를 입었어. 피시본이 말했다. 낮에 경주가 끝나면 얼음이 가득 든 통에 넣어 둔 맥주를 마셨고 말다툼을 하고 가끔은 주먹다짐도 했어. 자동차 라디오 주파수를 지역 방송에 맞추고 노래를 틀었어. 서너 대를 같은 방송에 맞추어 놓아 소리가 쾅쾅 울렸지. 바닷가에서 술 마시고 쌈질하고 춤을 췄어.

주디스 이브는 아니었다.

앉아서 맥주를 한 모금 마시고 이야기하고 미소를 짓고 웃고 그냥… 완벽했다. 경주니 싸움이니 하는 야단법석에 끼지 않았다. 그저 바비 J와 같이 와서 같이 돌아가고 다른 남자들에게 안녕 하고 인사를 했다. 그들과 어울리지는 않고, 그저 인사를 했다. 안녕, 하고.

피시본에게도 안녕이라고 했다.

그게 전부였다. 그것뿐이었다. 피시본은 그때 어렸다. 믿기 어렵지만. 피시본이 어린 적이 있었다는 게. 그리고 수줍었다. 바비 J는 한참 위였다. 최고의 차를 가졌고, 최고였고, 모든 점에서 최고였다. 검은 머리카락을 엘비스 스타일로 자르고 뒤로 오리 꼬리처럼 빗어 넘겼고, 벨트 고리를 잘라낸 리바이스 청바지, 티셔츠 소매에 담뱃갑을 넣고 말아 올렸고, 버클과 스트랩이 달린 검은색 가죽 부츠를 신었다. 누구나 그렇게 생기고 싶어 할 모습이었고, 누구나 부러워할 실력으로 차를 몰았고, 누구나 바라는 식으로 싸웠다.

그전까지는.

밀주 단속반에게 잡히기 전까지는. 단속반이 고속도로 위에 스파이크를 설치해서 술통에 번개를 가득 채우고 시속 160킬로미터를 넘기며 한밤에 구멍을 뚫으며 달리던 바비 J의 자동차 타이어 네 개를 전부 터뜨려버리기 전까지는. 차가 옆으로 꺾이고, 두 바퀴 돌고, 굴러서, 휘발유와 번개가 폭발했을 때 바비 J는 별똥별처럼 날아갔고 아무런 흔적도 남지 않았다.

아무것도 없었다.

그렇지만 피시본은 그때에도 살아남았다. 피시본의 차도 똑같이 터졌지만 그보다는 나았다. 단속반이 스파이크를 놓았지만 피시본 차는 타이어가 세 개만 터졌고 길에서 벗어나 수풀로 굴러떨어졌으나 반 바퀴만 굴렀고 차가 폭발하지도 않았다. 기름이 새기 시작했고 타는 듯 뜨거웠지만 늦기 전에 탈출했다. 다리는 부러졌지만. 왼쪽 다리. 그래서 다리를 약간 전다. 그때 피시본은 아직 젊어서 판사가 불쌍하게 봐줬고, 그래서 얼마간 복역했지만 연방 교도소까지는 가지 않았다. 군 구치소에서 넉 달 있었다. 그러는 동안에 다리도 나았다. 피시본은 다리는 붙었지만 돈은 없는 상태로 구치소에서 나왔다. 한 푼도 없었다. 전부 뺏겼다. 가지고 있던 것은. 16센트와 뉴올리언스에 있는 술집 이름이 새겨진 성냥갑 하나만 내주었다. 그래서 떠났다고 한다. 다시 남쪽으로 내려가 뉴올리언스로 가서 간이숙박소나 밥집이나 술집 같은 곳을 쓸고 닦는 일을 했다. 컴컴한 집들이었다. 그 지역에서 부르는 노래에서는 떠오르는 태양의 집이라고 했지만. J가 붙지 않은 바비라는 사람이 술집과 숙박소 주인이었는데 피시본에게 숙박소 침상 하나와 겨우 먹고 살 만한 돈을 주었다. 가까스로. 후덥지근한 잠자리를 돈을 주고 쓰려면 하룻밤 여덟 시간에 50센트였다. 힘든 일이고 거친 사람들이었지만, 남자고 여자고 흉터투성이였지만 그런 건 아무렇지도 않았다. 구치소에서는 밥으로 으깬 고구마하고 딱딱한 건빵 한 개, 씹어 먹어야 할 정도로 단단한 커피덩어리를 탄 블랙커피 한 잔이 하루에 한 번 나왔다. 그랬으니 매일 25센트로 팥덮밥과 진저비어 한 잔을 하루 세 번 먹는 게 나쁘지 않았다.

피시본은 자동차 생각을 많이 했다. 빠르고 과격한 미친 차들. 차가 그리웠다. 하지만 차를 더 많이 갖게 되고 차를 더 자주 몰게 되어도 다시는 그렇게 과격하게 밀주를 나르거나 경주를 하지 않으리라는 걸 알았다. 많이 자라서 철이 들었다거나 그런 건 아니었다. 좀 더 생각이 넓어졌다. 길어졌다. 노을을 보기만 하는 게 아니라 어디에서 왔는지 생각했다. 타격점을 치는 게 아니라 그 뒤쪽을 겨냥하는 싸움꾼처럼. 타격을 좀 더 길게, 더 깊이 가져가려고 하는 것처럼. 모든 걸 그런 식으로 보았다.

나중에는 스톡카 경주라고 불렸다. 여기서부터 시작되어 결국 전국 자동차 경주가 되었다고 했다. 스톡카 경주가 시초란다. 스톡카라는 건 시판되는 평범한 차를 말하는 거지만, 그가 달렸던 경기나 도로는 전혀 평범하지 않았다. 자동차도 원래 제 무리와는 하도 동떨어져서 상표명하고 아무 상관이 없는 지경이었다. 그때 포드 자동차는 진짜 포드가 아니었다. 포드의 껍데기 안에 괴물을 집어넣은 것에 가까웠다. 고기를 먹고, 사람을 잡아먹는 자동차. 더 나중에 그들이 흰 번개 배달은 그만두고 그냥 경주만 하게 되었을 때, 피시본은 신문에서 그들의 이름을 보고 라디오에서 그들 이야기를 들었다. 어떻게 경주를 했고 얼마나 많은 이들이 '처참한 충돌'이라고 불리는 화재 사고로 죽었는지.

하지만 피시본은 그 생활을 접었다.

그래도 주디스 이브는 영영 잊지 않았다. 주디스가 관람석 끝에 어떻게 앉곤 했는지. 그저 딱 완벽하게 앉았다. 쏟아져 내리는 갈색 머리카락, 가장자리가 살짝 올라간 눈, 붉은 목숨 같은 입술, 몸… 몸을 뒤로 젖히고 햇살을 온몸으로 받아 마치 몸 안에서 빛이 나오는 것 같았다. 그저 딱 완벽하게 앉았다.

완벽하게.

그리고 피시본은 아직도 그때 그 모습 그대로의 주디스 이브를 마음속으로 사랑한다. 나중에 주디스 이브를 찾아보거나 편지를 보내거나 소식을 알아보거나 어떻게 되었는지 알려고 하지는 않았다. 생각 속에 간직했고, 생각 속에서 알았고, 생각 속에서 함께 있었다. 생각 속에서 영원히 함께 있을 것이다.

보석 같은 잔물결이 퍼지고 또 퍼지곤 하던 연못에서 본 암사슴이 나한테 그러한 것처럼. 나는 평생토록 그 사슴을 간직하고, 보고, 알 것이다.

네 번째 노래: 긴 길

불탄다, 불탄다,

길고도 긴 길을 따라.

불탄다, 불탄다,

길고도 긴 길을 따라.

오늘도 내일도 몰라,

욕을 해얄지 기도를 해얄지.

밀주는 무거운 짐,

길고도 틀린 길을 따라.

5장

녹색방

…

피시본의 머릿속에는 이런저런 규칙이 많다. 어떻게 해야 옳은지. 처음에는 이해가 안 되는 것도 있다.

죽이면 먹어야 한다.

나쁜 일이 일어나지 않길 바란다면 나쁜 일을 생각하지 마라.

네가 무언가 붉다고 생각하면, 붉은 것이다.

네가 무언가 작은 것을 많이 생각하면, 그게 커질 거다. 무언가 큰 것을 많이 생각하면 그건 더 커질 것이다. 물고기나. 빚이나.

집은 무언가를 밖에 두기 위한 것이지 안에 두기 위한 게 아니다. 날씨. 물것. 뱀 같은 것들.

늘 배고픈 상태를 유지하라. 그러면 더 잘 보인다. 특히 사냥할 때. 아니면 무언가를 생각해내려 할 때. 오빌과 윌버 라이트 형제는 하늘을 나는 법을 알아내려고 끙끙댈 때 늘 배를 주리게 했단다. 헛간에서 생활했지. 피시본이 말했다. 판잣집에서 달걀을 익혀 먹으면서 지냈어. 판자 선반에 구멍을 파고 구멍 한 칸에 달걀 하나씩 넣고, 하나하나 번호를 매겼지. 번호를 보고 언제 낳은 알인지, 얼마나 신선한지 알 수 있었어. 그게 배고픔이다. 피시본이 말했다. 뚱뚱하고 배부른 사람들은 달걀에 번호를 쓰지 않아. 그냥 먹어 버리지. 달걀에 번호를 쓰는 사람은 배고픈 사람이야. 언제나. 오빌과 윌버 형제와 달걀 이야기를 어떻게 알았느냐고 물어보자 피시본이 나를 쳐다보았다. 내가 똑똑한 척 굴 때면 짓는 표정이었다. 피시본이 어깨를 으쓱하고 웃으며 말했다. 헛간 안을 그린 그림을 잡지에서 보았다고 했다. 사실이었다. 피시본이 거기에 가서 직접 달걀을 센 것은 아니지만 말이다.

방은 머릿속에서 네가 원하는 만큼의 크기란다.

그건 그랬다. 방과 관련해서 나한테 어떤 변화가 있었다. 나중에 찾아온 것 같은 변화는 아니었지만 그래도 변화였다. 사실 이런저런 일을 겪으면서 모든 게 바뀌는 것 같았다. 나에게서. 나에 대해서. 언제 태어났는지 잘 모르므로 내가 몇 살인지는 모른다. 아마 열두 살에서 조금 더 되었을 것이다. 넘치는 열두 살. 그런데 내가 가져본 적이 없는 가족, 알지 못하는 여자아이, 본 적 없는 여자아이의 몸에 대한 이해가 안 가는 꿈을 꾸기 시작했다.

몸에 대해서.

그런.

바보 같은 꿈.

그런 꿈을 계속 꾼다. 어느 날 저녁 툇마루에서 피시본에게 이야기했다. 꿈에 대해서. 피시본이 물었다. 그러고 또?

그러고 또 뭐요, 내가 물었다.

또 무슨 꿈을 꿀 거니? 그런 때가 온단다. 아직 차가 없고, 목소리가 달라지는 때. 네가 또 무슨 꿈을 꿀까? 나한테는 너보다 더 늦게 왔어. 더 나이가 들기 전까지는 평화를 몰랐기 때문이지. 한국에 가서 총을 좀 맞았을 때는 아직 어렸고 다음에 자동차를 몰고 빌어먹을 길로 흰 번개를 나를 때에는 진짜 꿈을 꿀 줄을 몰랐어. 나중에 더 나이를 먹고, 뉴올리언스에서 간이숙소와 식당을 전전할 때에는 진짜 꿈이 거기에 있었어. 밤이고 낮이고 훤하게 보고 냄새 맡고 만지고 느낄 수 있었지. 꿈을 꿀 수가 없었어. 차마 꿈을 꿀 수가 없었지. 너무 진짜라서.

너무 진짜였어.

어떤 여자가 생각나. 클레어라는 이름의 여자였지. 자기를 C라고 부르게 했어. 그냥 C라고. 예뻤는지 아닌지 말하기 힘들어. 그 여자는… 모든 것이었어. 그리고 아무것도 아니었지. 눈을, 머리를, 숨을 폭풍처럼 덮쳤어.

C는 피시본이 청소를 하던 곳 중 한 곳에서 일했고 자기의 모든 것을 팔았다. 가진 것을 내놓으면 자기를 팔았다. 가진 것을 전부 내놓으면 자기 전부를 내주었다. 앉아서 기타로 조용한 노래를 퉁기곤 했다. 기타 위에 온몸을 얹고. 목둘레에 뱀 문신이 있었다. 뱀 문신이 가슴 한가운데를 타고 계속 아래로 아래로 이어져 누군가가 아니면 볼 수 없는 곳까지 계속 내려간다. 피시본은 어디까지 내려가는지 보지 못했다. 사람들 말이 전에는 목둘레에서 몸 아래로 진짜 뱀을 걸치고 있었다고 한다. 뱀이 죽자 문신을 했다.

C를 보고 나면, 자동차나 가족이나 여자나 어떤 몸에 관한 꿈은 안 꾸게 돼. 피시본이 말했다. 너무 진짜라. 너무 진짜라 꿈을 꿀 수가 없어. 이제 가서 계곡에서 찬물을 떠 와 밤 커피를 만들렴. 내일 아침이 되면 차갑게 식은 커피로 입에서 텁텁한 잠 맛을 씻어낼 수 있게.

그래서 그렇게 했다.

그날 밤 나는 방을 꿈꿨다. 어떤 방. 내 방. 그 방이 얼마나 커질지를.

나는 오두막 한쪽 구석 칸막이 뒤에서 잤다. 방이라기보다는 틈새에 가까웠다. 피시본은 반대쪽에 있는 비슷한 모양의 틈새에서 잤다. 나는 딱 한 사람이 누울 만한 폭의 띠쇠로 접합

한 낡은 침상에서 잤다. 침대 발치와 머리에는 쇠로 만든 작은 장식이 있어 침상 끝을 떠받치는 기둥들이 마치 꽃에 박힌 듯 보였다. 피시본이 말하길 그 침상은 남북 전쟁 때 시즌이라는 이름의 남군 병사가 쓰던 것이라고 했다. 이름 철자가 S로 시작하는지 C로 시작하는지는 피시본이 써 보여주지 않아 모른다. 늙은 군인이 백 살이 넘어 홀로 그 침상에서 죽었고 일주일이 지날 때까지 아무도 몰랐다고 한다. 여기가 아니라 다른 오두막에서 있었던 일이다. 무더운 여름이었다. 날이 더울 때 시체나 고기가 으레 변하듯 늙은 군인의 시체도 그렇게 되어 버려서 시체를 발견한 사람들이 고무 자루에 넣고 끌고 가 묻었다고 한다. 그때는 비닐이 없을 때라고 피시본이 말했다. 아무도 늙은 군인의 물건에 손을 대고 싶어 하지 않았다. 너무 지독한 냄새가 났다고 했다. 그래서 오두막을 살림까지 통째로 불태워 버렸다. 침대도 같이. 피시본이 나중에, 일 년쯤 지난 뒤에 그곳에 갔는데 침대가 잿더미 속에 아직 그대로 있었다. 불길에 페인트가 떨어져 나가 약간 녹이 슬긴 했지만. 스프링이고 뭐고 그대로 있었고 아무 냄새도 안 났다. 다 타버려서.

뭐든 낭비하지 않는 피시본이 집으로 가지고 왔다. 피시본은 내가 아기일 때 들어 있었다는 상자를 아직도 안 버렸다. 낡아서 곳곳이 찢어진 작업용 장화도 그냥 있다. 장화 윗부분 가죽으로 덧거나 망가진 다른 물건을 때울 수 있을지도 모른다고 한다. 옛날에 소를 몰던 카우보이들이 낡은 장화 윗부분을 한데 꿰매어 탄약통을 넣는 안장주머니를 만들곤 했던 것처럼. 나는 낡은 캔버스천 외투 소매로 화살을 담을 화살통을 만들었다. 빨랫줄을 달아서 어깨에 멨다. 그래서 피시본이 왜 침상을 가져왔고 다시 사용했는지 알 수 있었다. 피시본은 그 침상을 20년 동안 사용했다. 나를 찾아내고 받아들였을 때도 그 침상에서 잤다. 나는 바닥에 있는 상자 안에 두었다. 나를 찾아냈을 때 내가 담겨 있던 상자일 수도 있고 아닐 수도 있다. 내가 너무 커져서 상자 안에서 잘 수 없게 되자, 피시본은 좀 더 큰 침상 하나를 구했다. 나를 늙은 군인 침대에 누이고 자기는 다른 침대로 잠자리를 옮겼다.

아직도 그대로다.

지금도 그대로다. 내가 태어났을 때의 핏물이 묻은 상자는 난로 뒤에 두고 땔감을 넣어둔다. 그 뒤로 한 번도 옮기지 않았을 것이다. 낡은 장화는 문 옆 한 귀퉁이에. 그대로. 낡은 외투는 못에 걸려 있다. 언제나.

하지만 꿈은 바뀌었다. 처음에는 있는 그대로의 방을 꿈꾸었다. 그러다가 점점 밖으로, 밖으로 넓어졌고, 점점 더 커져서 오두막 밖으로 나가고 뻗어 온 사방이 되었다. 내가 볼 수 있고 갈 수 있는 모든 곳이 내 방처럼 느껴졌다. 나만의 방. 내가 있을 곳. 살 곳.

피시본에게 그 이야기, 꿈 이야기를 했다. 피시본은 곰곰이 뜯어보기라도 하듯 한참 나를 보았다. 무언가 마음에 들지 않는 걸 보는 것도 같았다. 한국에서 총을 좀 맞았던 이야기를 할 때처럼. 그러더니 흔들의자에서 몸을 앞으로 숙이며 눈을 감았다.

처음에는 네가 정령인 줄 알았어. 정령이 뭐예요, 내가 물었다.

마법에 걸린 생명 같은 거. 무슨 말인지 모르겠어요.

그럴 거라고 생각했어. 당연히 그렇겠지. 네가 모르는 게 아주 많구나. 네가 어리기 때문이지. 아직 어려서 많은 것들을 이해할 만한 시간이 없었으니까.

나는 기다렸다. 피시본한테는 그러는 수밖에 없다. 조른다고 얻을 수 있는 게 없다. 답을 얻으려면 기다려야 했다. 문제는, 때로 아주 오래 기다려야 한다는 거다. 바로 대답할 수도 있고, 한 시간 뒤 술이 좀 들어가고 나서일 수도 있고, 이튿날일 수도 있다. 영영 대답하지 않는 수도 있다. 내가 여자에 관해 물어보았을 때처럼. 성인 여자. 남자가 여자 생각을 많이 하게 만드는 게 대체 무엇인지. 피시본은 대답하지 않았다. 그저 먼 곳을 바라보며 술을 홀짝이더니 웃었다. 좋았어, 피시본이 말했다. 기억 속에서 졸았어. 어떤 기억은 떨치고 싶고, 잊고 싶고, 태우고 싶었다. 그렇지만 가끔 어떤 기억은 너무 좋아서 간직하고 싶었다. 따스한 구름 같아서 그 안에서 꼬박꼬박 졸고 싶었다. 그저 의자에 앉아서, 좋은 술 한 병을 홀짝이면서, 눈을 감고 기억 속에서 졸았다. 이게 늙는다는 거지, 피시본이 말했다. 늙는다는 것의 가장 좋은 점일 거야.

이번에는 오래 걸리지 않았다. 병에서 술 한 모금을, 그저 입술을 살짝 축일 정도로 마신 다음에 너는 세 가지 방법으로 왔어, 라고 말했다. 상자에 든 채로, 친척에게서 또 나라에서, 그리고 요정의 그루터기에서. 저마다 다른 때에 모두 맞는 이야기이기 때문에 하나를 집어 말할 수가 없어. 네가 여기에서 나와 같이 살게 되고 천에 적신 우유를 빨아 먹는 법을 익히고, 송아지용 젖병을 빨 수 있게 된 다음에, 어느 날 밤 내가 너를 어둠 속에서 빛나는 요정의 그루터기로 데려가서 바닥에 내려놓았어. 네가 정령인지 아닌지 보려고. 그루터기의 빛이 너한테 빨려 들어가는지 보려고. 추운 밤이어서 네가 좀 울었지. 아주 매서운 추위는 아니었지만.

늙은 돼지가 문에 끼었을 때처럼 울었어. 추웠기 때문일 수도 있어. 너는 어릴 때 따뜻한 걸 좋아했거든. 내가 어쩌면 그날 밤 술을 좀 과하게 먹었는지도 몰라. 그때는 지금처럼 잘 조절

하지를 못했으니까. 그래서 빛이 너한테 쏟아져 들어가는지 보려고 담요를 살짝 젖혔지. 그런데 아니더라고. 너는 춥다고 더 빽빽 울었어. 그러니까 아닌 거지. 정령이 아니야.

나는 또 생각했다. 다시. 정령이 뭔데요, 내가 물었다. 사람이에요?

정령은 마녀가 마법을 걸 때 도와주지. 어린 남자아이나 여자아이일 수도 있고, 고양이일 수도 있고, 어떤 때에는 양초일 수도 있어. 당연히 불이 켜진 초지. 불을 붙이지 않은 양초는 아무 쓸모가 없어. 밀랍이나 수지 양초가 좋아. 공장 양초 말고.

그런 걸 다 믿는군요. 마녀나 그런 거요.

그런 건 우리가 이해할 수 있는 게 아니야. 알 수 없지. 무언가가 어떤지, 어떻게 돌아가는지, 어떻게 그럴 수 있는지 모른다고 해서 그게 사실이 아닌 건 아니니까.

그러면 마녀가 있다는 말이네요, 내가 말했다.

그럴 수도 있지. 아닐 수도 있고. 나는 보거나 만난 적은 없지만 들어는 봤어. 말이 안 되는 일들을 들어봤지. 전에 어떤 할머니를 알았는데, 자기 팔꿈치를 만져 보고는 비가 올지 안 올지 말해주었어. 언제 올지도. 시간까지. 어떤 사람은 버드나무 갈퀴를 들고 돌아다니다가 어디에 물이 있는지 얼마나 깊은 데에 있는지 말해줄 수 있어. 그러는 걸 여러 번 봤어. 물을 찾으면 막대기가 휘어지지. 하도 심하게 휘어져서 손아귀에서 나무 껍질이 까지기도 해. 그런 걸 마법의 물이라거나 신성한 물이라고도 해. 마녀가 실제로 있는지 없는지는 몰라. 그냥 내가 이해를 못 한다는 것만 알지. 또 나는 그렇게 못한다는 것을.

그리고 나는 그런 존재가 아니라는 걸 알지. 나는 막대기를 들고 물을 못 찾아.

아니, 아니야. 피시본은 고개를 흔들며 술을 홀짝였다. 아니지. 너도 정령이 아니야. 맞는다면 지금쯤 드러났겠지. 하지만 너는 그런 꿈을 꾼다고. 무슨 뜻인지 알 수 없는 짙은 꿈들을. 하지만 사실 뜻이 있는 거야. 뭔가 의미가 있는 거지. 생각에서 오는 꿈이야. 네 주변에 대한 생각. 내 생각에는 네가 볼 수 있다는 뜻인 것 같아. 바깥, 주변, 앞과 뒤를 보지. 새것과 오래된 것. 꿈속에서 네 침상, 잠자리, 사는 곳, 그리고 그 바깥을 본다고. 점점 커진다는 건 네가 점점 자라고 더 많이 원한다는 뜻인 것 같아.

그럼 나는 어떻게 해요, 내가 물었다.

나라면, 피시본이 이가 보이지 않는 부드러운 웃음을 지으며 말했다. 나라면, 밖으로 멀리멀리 나가 어디까지 이어지는지 보겠어. 꿈의 가장자리를 찾으러 갈 거야.

그래서 그렇게 했다.

활과 조릿대 화살 댓 개를 넣은 옷소매 화살통과 피시본이 루시퍼 불막대라고 부르는 아무 데나 그어도 불이 붙는 딱성냥 사오십 개비 정도를 챙겼다. 손잡이가 구부러진 낡은 철 냄비, 그리고 마지막으로 오두막 뒤쪽 못에 걸려 있던 연통용 철사 한 꾸리를 챙겼다. 피시본이 그 철사로 작은 토끼나 청설모를 잡을 덫을 만들 수 있다고 했다. 한번 해볼 참이었다.

또 봉투에 밀가루와 옥수숫가루를 섞어 담았다. 두 컵 정도 분량이었다.

어디로 가야 할지 몰랐고 왜 가는지는 더더욱 몰랐다. 그냥 가서, 가서 볼 참이었다. 가서 하려고. 피시본이 말한 대로. 꿈의 가장자리로 가서, 그게 무엇이 되었든, 그런 식으로 머리를 비우고 나를 놓아버릴 생각이었다. 그랬는데도 나도 모르게 사냥을 하고 있었다. 이해가 갈지 모르겠지만 사냥을 하지 않을 수가 없었다. 숲속을 걸으면서, 그냥 시냇물을 따라 숲을 걷고 있구나 생각하면서 발을 떼어 놓는데, 네 걸음도 못 가서 사냥을 하고 있었다. 수면만 보는 게 아니라 물속 깊이를 보고, 시냇물 속에 물고기나 가재나 커다란 표범개구리가 있는지를 살폈다. 물가 수풀이나 앞쪽만 보는 게 아니라 그 안쪽, 수풀 깊숙이 뭔가 어울리지 않는 선이나 움직임을 찾았다. 자연스러운 선이나 움직임이 아닌 것. 나뭇가지 일부가 아닌 흔들림이나 움직임을 살폈다. 나뭇가지 위에 뇌조나 청설모가 있을 수도 있고, 땅에 뇌조나 토끼가 있을 수도 있다. 낯선 소리, 어울리지 않는 선, 자연의 선이나 소리가 아닌 것. 살아 있을 수 있는 것, 무언가 다른… 것.

식량일 수도 있다.

아니면 사냥감이 아닐 수도 있다.

아직은.

모든 걸 다 잡지는 않고 아무것도 안 잡을 수도 있다. 나중에, 나중일 수는 있지만 아직은, 지금은 아니다. 그냥 움직인다. 숲과 나무와 수풀과 물을 통해 숲을 돌아 숲에 스며들어 자연의 선, 소리, 느낌의 일부가 된다.

사냥을 한다.

숲을 보고 느끼고 안다. 가장자리로 나아간다. 알 수 있는 것의 가장자리까지 나아가 더 알고, 더 이해하고, 더 보고, 더 배운다.

사냥을 한다.

알기 위해. 배우기 위해. 보고 느끼고 듣고 들여다보기 위해. 눈에 들어오는 모든 것의 속을 보기 위해. 물의 표면만이 아니라 그 아래 깊이를. 청설모나 토끼나 뇌조만이 아니라 그 속을. 네가 아는 것, 어디에 화살이 박히고 죽고 식량이 될지 안

될지의 속을 보기 위해서.

아는 것의 가장자리로. 사냥하러.

사냥꾼이 되기 위해. 꿈의 가장자리를 보기 위해. 꿈의 가장자리로 가서 그걸 넘어서. 알고 생각하는 것의 가장자리를 넘어 다음 것으로.

나는 시내를 따라 내려가 야트막한 언덕을 감고 도는 커다란 굽이 세 개를 돌았다. 언덕의 북쪽 기슭, 이끼가 있는 곳에서 곰보버섯 몇 개를 찾아 따서 나중에 먹으려고 밀가루 봉지에 집어넣었다. 조그만 크리스마스트리 모양으로 생긴 버섯인데 피시본이 그 종류만은 확실히 안전하다고 했다. 구분하기 쉬워 쉽게 알 수 있다.

내가 화살에 단 왁새 깃털을 찾은 늪이 나오면 시내가 왼쪽으로 급격하게 꺾인다. 내가 오두막에서 가장 멀리까지 와 본 곳이 여기였다. 거리가 얼마나 되는지 확실히는 모르지만 주위를 살피면서 사냥하며 느린 속도로 걸을 때 한 시간에 1마일 정도를 걷는다면, 아마 오두막에서 1마일 정도 떨어진 거리가 아닐까 싶다.

가장 먼 곳. 보통 여기까지 왔을 때는 오른쪽으로 크게 늪 둘레를 돌아 숲 안으로 다시 큰 원을 그리며 오두막으로 돌아갔다. 그건 내가 사냥을 할 때였다. 오두막으로 가지고 갈 식량을 구할 때. 청설모나 토끼나 뇌조 같은 것. 대개는 그렇게 둘러가며 무언가를 구해갔다. 아니면 무언가를 쏘아 맞혔다. 지금까지 온 길에서 사냥감을 많이 보았다. 토끼 몇 마리, 뇌조 두엇, 주머니쥐, 물속의 커다란 표범개구리들. 전부 가까웠다. 뇌조 한 마리는 얼어붙은 듯 꿈쩍도 안 해서 내가 옆길로 돌아가야 했다. 그냥 손으로 잡아도 잡힐 것 같았고 솔직히 말하면 그러고 싶었다. 깨끗한 계곡물을 떠서 뇌조와 곰보버섯 몇 개를 넣고 끓이면 맛좋은 국이 된다. 게다가 등뼈가 배에 붙을 것 같았다. 피시본이 배가 고플 때 하는 말이다. 사실, 나는 항상 배가 고팠다. 그런 것 같았다. 그냥 계속 먹고 또 먹을 수 있었다.

그렇지만.

나는 움직이고 있었다. 사냥을 하며. 아직 죽이지는 않았다. 그래서 눈에 들어오는 쉬운 사냥감을 지나쳐 계속 나아갔다. 오전 내내 늪 왼쪽으로 갔다. 왼쪽 멀리 가니 땅이 오르막이 되었다. 처음에는 완만하게 올라가다가 점점 가팔라지더니 거대한 짐승 유해의 등뼈처럼 삐죽 솟은 커다란 회색 바위로 이루어진 등성이가 나왔다. 나는 등성이를 따라 걸었는데, 산마루에 오르지는 않았다. 산마루는 어디에서나 볼 수 있는 위치이기 때문에 근처에 있는 짐승들을 겁주어 쫓아버리지 않으려면 그곳에 올라서지 않는 게 좋다는 걸 배웠기 때문이다.

등성이 아래를 따라 천천히 두세 걸음을 걷다가 멈추고, 앞에 뭐가 있는지 살피고, 다시 움직였다가 멈추고, 살피고, 살피고, 천천히 들이마시고 더욱 천천히 내쉬고, 기다리고, 기다린다.

두 걸음 더 가서, 멈춘다. 스며드는 것을 생각한다. 등성이 선에 스며들고, 내 발아래 풀에 스며든다. 날씨가 되고, 공기가 되고, 모든 것이 된다고 생각한다. 가장자리, 꿈의 가장자리에 스며든다. 천천히. 아주 천천히. 어울리지 않는, 맞지 않는 선을 찾는다.

그런 식으로 지켜보고 바라보면서 등성이 옆을 따라 내려간다. 점점 더 느끼면서, 모든 것, 사방을 느끼고 모든 것을 알면서. 산등성이 옆면을 굽이도는 시내 가까이, 바위와 물이 맞닿는 곳, 물이 바위를 깎아 조그만 빈터를 만들어 놓은 곳, 그리고 빽빽한 수풀과 물풀이 물로 이어진 곳을 따라 물속으로, 또 건너편으로.

거기에.

바로… 정확히… 거기에.

뇌조가 있었다. 풀 속에 낮게 앉아. 몸은 땅에 깔고 고개만 살짝 들었다. 얼어붙은 듯. 꿈쩍하지 않고. 천천히 화살을 꺼내 앞으로 가져와, 어디로 날아갈지, 어떻게 날아갈지 느끼고, 머리를 비운 다음, 놓는다. 활줄이 덩 튕기는 조용한 소리와 함께 조릿대 화살은 순식간에 사라졌다. 깔끔하게 날아가 뇌조의 목을 뚫었다.

털썩.

그리고 끝. 죽었다.

식량.

피시본이 준 날 두 개짜리 낡은 주머니칼이 있었다. 다만 칼날 하나는 부러져서 하나만 남았다. 나는 그 칼로 새의 멱을 따고 다리 아랫부분도 잘라냈다. 다음에 껍질을 벗겼다. 껍질을 홀랑 벗기는 편이 더 쉽다. 털을 뽑으려고 하면 다 안 뽑혀서 깃털을 먹기가 십상이다. 그러고 모닥불을 작게 지피고 냄비에 계곡물을 뜨고 뇌조를 통째로 넣었다. 작은 새다. 버섯도 넣고 살이 뼈에서 떨어져 나갈 때까지 삶았다. 익는 동안 땔감을 더 모았다. 밤새 땔 땔감이다. 해가 저물기 전에 가재 덫을 놓았다.

계곡에 가재가 바글바글하다. 가재 꼬리에서는 단맛이 난다. 피시본은 바닷가재나 새우 맛이 난다고 했다. 나는 모른다. 앞으로도 모를 것이다. 바닷가재나 새우는 먹어본 적이 없다. 하지만 가재 생각만 해도 입에 침이 고인다. 사실 뇌조도 그렇다. 토끼도. 비스킷과 그레이비도. 뭐든지.

피시본은 사람들이 가재 꼬리와 내장을 먹는다고 했지만

나는 도저히 내장을 파내어 먹게 되지 않아 꼬리만 먹었다. 토끼 내장은 안 먹는다. 청설모 내장도 안 먹는다. 개구리 내장도 안 먹는다. 내장은 안 먹는다.

심장만. 가끔. 국물에 넣고 끓인다. 뇌조 심장도 그렇게 했다. 나머지는 고기만. 맛좋은 고기.

조그만 빈터에서 시냇물이 꺾이는 부분은 물살이 모퉁이를 돌며 빠르게 흐르기 때문에 바닥에 풀이나 물풀이 거의 없다. 강둑에 60센티미터 정도 길이로 바닥이 둥근 물길이 뭍으로 뻗은 데가 있었다. 둥근 물길 안의 물은 한 뼘 정도의 깊이로 모랫바닥이 들여다보일 만큼 맑았다. 나는 바위등성이에서 납작한 돌덩이를 가지고 와서 물길 입구에 둑을 만들었다. 가운데 폭 5센티 정도로 틈을 남겼다. 물길 끝 쪽에 뇌조 내장, 대가리, 발, 깃털을 놓았다. 가장 바깥쪽 깃털은 나중에 화살을 만들 때 쓰려고 남겨 두었다. 돌로 내장을 바닥에 눌러 놓아 떠내려가지 않게 했다. 살, 껍데기, 내장 냄새를 맡고 온갖 쓰레기 사냥꾼들이 몰려들 거다. 물고기, 가재 따위. 물이 잔잔하면 거머리까지도 들어온다. 거머리는 이렇게 물살이 빠른 데에서는 잘 못 움직이는데 거머리를 먹고 싶지는 않으니까 다행이다.

밤 동안에 은빛 물고기들이나 가재가 덫 안으로 들어올 테고 아침에 살금살금 다가가서 앞쪽 입구를 막아 버리면 밤 동안 잡힌 것으로 따끈따끈한 아침밥을 해 먹을 수 있을 것 같았다. 또 철사로 올무를 만들어 토끼가 지나가는 풀밭에 굴처럼 패인 곳이 보이면 놓았다. 십 센티미터 정도 되는 올가미를 땅에서 살짝 떨어진 높이쯤 오도록 옆쪽 낮은 물푸레나무에 묶어 놓았다. 피시본이 말한 그대로.

다음에는 불을 피울 땔감을 더 모으고, 좀 더 모았다. 뇌조국이 보글보글 끓어 살이 뼈에서 저절로 떨어질 지경이 되었고 버섯도 연해졌다. 나는 국물을 마시고 뇌조 살과 버섯을 먹고 남은 찌꺼기와 뼈를 물속 덫 안에 미끼 삼아 넣어두었다.

잠자리를 만들려고 바위벽에 나뭇잎을 쌓았다. 모닥불이 암벽 아래로 온기를 불어넣어 주위가 훈훈했다. 나는 몸을 웅크리고 눈을 감았다.

하지만 잠이 오지 않았다.

아직은. 물음들이 자꾸 떠올랐다. 어떻게 된 걸까, 생각했다.

어떻게.

내가 아는 걸 어떻게 알았을까. 사냥하는 법, 움직이는 법, 등성이 아래쪽을 걷는 법, 어떻게 있고 어떻게… 이 모든 걸?

어떻게 사냥하는지.

어떻게 사냥꾼이 되는지. 아는 사람. 배우는 사람. 보는 사람이 되는 것. 그냥 죽이기만 하지 않는 것. 죽이는 건 일부일

뿐이다. 그게 전부가 아니다. 죽이기 위한 게 아니라 사냥하기 위한 거다. 그걸 내가 어떻게 알았을까?

그런데 알았다. 불이 까물거리며 나한테 온기를 쬐고, 둘레 사방 숲은 컴컴하고, 나는 알았다. 그게 무엇인지, 어떻게 되었는지. 내가 아니었다. 그저 나에게 왔고 나를 통해 지나갔던 것이다.

피시본이었다.

피시본의 이야기, 발을 끌고 구르며 들려주던 이야기 노래가 나에게 들어와 통째로 살고 아는 방법이 되었다. 불에서 나오는 열기처럼 나에게 다가왔다. 어떤 이야기를 했는데, 빠른 자동차나 술을 나르는 것 같은 이야기였지만, 그게 다른 모든 것들하고도 상관이 있었다. 생각하게 하고, 더 생각하게 하고, 그래서 나를 더 옹글고 더 여물고 모든 면에서 모든 일에서 더 나아지게 했다.

피시본이 뜻한 것이었는지는 잘 모르겠다.

아마 그랬을 것이다. 피시본은 자기가 무슨 일을 하는지 알았을 것 같다. 자기 생각, 생각의 장단과 목소리가 어떤 일을 하는지. 어쩌면 웃음이. 술을 홀짝이는 것이. 멀리 바라보아야 할 때 멀리 보고, 대답해야 할 때 대답을 하는 방식이.

내가 생각을 해야 할 때 생각하게 만들었다. 움직이고, 느끼고, 가만히 있어야 할 때에도. 답이 필요할 때에는 답을 주었다. 바로. 나한테 답이 필요하지 않다고 생각할 때에는 삼갔다.

뇌조버섯국을 먹고 나니 진드기처럼 배가 똥똥해졌고 스르르 졸음이 왔다. 그래서 가랑잎 속으로 파고들어 가 깊은 잠에 빠졌다. 꿈은 꾸지 않았다. 아니면 적어도 기억나는 꿈은 없었다. 초가을이 오기 직전 가장 따뜻한 여름이었다. 밤이 깊어 화톳불이 꺼지자 차가운 밤공기가 다가와 나를 감싸 조금 추워져서 어슴푸레 잠에서 깼다. 하지만 가랑잎을 좀 더 끌어다 몸에 덮고 다시 잠에 빠져들었다. 그러다가 근방에서 무언가가 펄떡이는 소리에 눈을 떠 보니 사방이 훤했다.

내가 만들어 놓은 덫 안에서 은빛 잉어 두 마리가 뇌조 내장을 두고 다투는 소리였다. 나는 자리에서 일어나, 몸을 낮춘 상태로 어젯밤에 찾아 둔 납작한 돌덩이를 들고 덫 입구를 막아 잉어 두 마리를 가두었다.

덫 안에 중간 크기 가재도 세 마리 있었다. 강둑을 살펴보니 솜꼬리토끼 한 마리도 덫에 걸려 식량에 보탤 수 있었다. 토끼는 철사 올무 안으로 머리를 들이민 다음 물푸레나무 둘레를 두 바퀴 돌고는 목이 졸려 죽었다. 나는 불을 피우고 불이 붙는 동안 피시본이 '해야 하는 일'이라고 부르는 일을 처리하러 물가를 떠나 숲으로 들어갔다. 돌아와서는 잉어를 손질했고 내장은 가재 먹이로 물에 던져 주었다. 잉어와 손질하지 않은 가재를 통째로 넣고 아침으로 먹을 국을 끓였다. 국이 끓는 동안 올무에서 토끼를 가져와 철사를 떼어내 손질했고 내장은 시냇물에 던졌다. 심장은 버리지 않고 국에 넣었다. 덫 바깥쪽 내장을 버린 자리에 잉어와 가재가 몰려들더니 내장이 바닥에 가라앉거나 하류로 떠내려가기 전에 말끔하게 해치워 버렸다.

남는 것도 모자란 것도 없지. 피시본은 성경에 대해 이야기할 때, 아니 무엇을 이야기하건 그렇게 말했다. 숲, 삶, 날씨, 음식, 영혼—살아가면서 이 모든 것이 다시 너에게 돌아오게 돼, 라고 했다. 들어오고, 나가고, 흔적조차 남지 않는다. 칼날로 물을 가르듯이. 화덕연기처럼. 그 자리에 있었음을 드러내는 흔적도, 주름도 없다. 남아서 버리는 것도, 모자라는 것도 없다. 누구에게도 무엇에게도 해가 되지 않는다. 네가 거기에 있지만, 거기에 없는 거야. 그러고는 피시본은 웃음을 짓곤 했다. 우리가 여기에 있는 까닭은, 무슨 까닭일까? 거기에 없기 때문이지. 우리가 보이기도 하고, 보이지 않기도 하고.

나는 토끼를 냇물에 씻은 다음 피시본에게 가져가려고 마른 풀로 쌌다. 피시본은 토끼고기에 밀가루를 묻혀 베이컨 기름에 튀긴 것을 정말로 좋아한다. 두껍게 묻혀서 파삭하게 튀긴 것. 가장 좋아하는 것은 아닐지라도 좋아하는 음식으로 손

꼽을 수 있다. 두 번째 좋아하는 음식은 너구리 고기를 덩어리로 썰어서 같은 방법으로 튀긴 것이다. 베이컨 기름에. 기름을 넉넉히 넣어서 튀길 때 보글보글 공기방울이 올라온다.

곰고기만큼 맛있지, 피시본이 말했다. 그러니까 곰고기가 고기 중에서 최고인 거다. 옛날에, 밀주를 만들러 산속으로 들어갔을 때, 어쩌면 그보다 더 옛날에, 아직 변방이 있었고 손으로 땅을 개척해야 했던 때에, 자기 땅 한 뙈기 가질 수 없었던 때에, 부싯돌로 불을 붙여 쇠구슬을 발사하는 소총을 쓰던 시대, 그때에도 사람들은 뭐가 최고인지 알았다. 사슴은 하도 흔해서 손가락만 까딱해도 사슴고기를 먹을 수 있었다. 하지만 사슴 비계는 좋지 않았다. 밀랍처럼 입술과 입안을 뒤덮었다. 그래서 사슴은 잡아 가죽만 썼다. 부드럽고 연해서 무두질만 잘하면 옷으로 제격이었다. 사슴 가죽이 인기가 많아 수사슴을 뜻하는 '벅buck'이라는 말이 돈을 세는 단위로 쓰이게 되었다. 그래서 지폐 한 장을 달러라고 하지 않고 벅이라고 부른다. 5벅은 쫙 펴서 소금에 절인 사슴가죽 다섯 장이다.

하지만 고기로는 곰을 먹었다.

요리에 쓰기 좋은 맑고 깨끗한 기름이 많다. 곰기름으로 구운 비스킷만큼 맛있는 것은 세상에 없어. 피시본이 말하곤 했다. 가죽 보호제로도 쓰고, 얕은 상처에 연고 대신 바르기도 하고, 삐걱거리는 수레바퀴에 기름칠할 때도 쓰고, 유리병에 보관해 두면 다음 날 날씨를 미리 알 수 있다. 숫돌에 곰기름을 치고 칼을 갈면 네 번 만에 털을 깎을 수 있을 정도로 날이 선다.

최고라고 했다.

그러니까 아마 토끼는 세 번째일 것이다. 곰이 첫 번째, 너구리가 두 번째, 토끼가 세 번째.

하지만 너구리는 잡은 적이 없다. 가끔 보긴 했다. 보통 올드블루한테 쫓겨서 참나무나 느릅나무 가지 위에 올라가 있는 것을 보았다. 거기 앉아서 캬르릉거리며 개한테 침을 뱉었다. 그중에 늙은 수놈 한 마리는 10킬로그램은 족히 되고 그 이상일 수도 있을 것 같았는데 캬릉대더니 풀쩍 뛰어내려 개한테 덤벼 깜짝 놀랐다. 개가 달려와 내 발치에 웅크렸는데 여기저기 상처가 난 채 낑낑거렸다. 피시본이 말하길 너구리는 물에서 펄펄 난다고 했다. 너구리가 개를 물로 끌어들여 개 머리 위에 앉아 물속에 가라앉혀 질식시킨다는 거다. 죽을 때까지. 숨이 끊어질 때까지 머리통을 물밑으로 누른다.

하지만 나는 쏠 기회가 있어도 쏘지 않았다. 속이 빈 조릿대 화살이 토끼나 뇌조나 청설모를 잡기에는 좋지만 그보다 큰 짐승은… 아니었다. 단번에 말끔하게 죽이기를 바란다면. 고기를 얻기 위해. 먹기 위해 죽이려면. 뾰족한 막대기만 가지고는 너구리를 잡을 수 없고 곰도 마찬가지다.

아무튼.

물가 근처에서 그루터기를 보았다. 폭이 1미터쯤 되고 높이는 거의 2미터쯤 되는 늙고 우람한 나무 밑동이었다. 아니 한때에는 늙고 우람한 나무였을 것이다. 지금은 조각조각이 났다. 곰이 굼벵이를 찾느라고 나무를 쓰러뜨리고 갈기갈기 찢었을 것이다. 피시본이 굼벵이를 곰도 먹고 일부 원주민들도 먹는다고 해서 나도 입에 넣어봤는데 도무지 넘길 수가 없었다. 너무 물컹하고 이상하고 질척거려서 뱉어버리고 뱃속의 것까지 전부 토했다. 살아 있는 굼벵이를 입에 넣고 삼키느니 차라리 굶어 죽는 게 나을 것 같다. 물론 정말 죽을 정도로 주린 적은 없다. 사람들이 굶어 죽을 때처럼 못 먹어서 죽을 것 같았던 적은 없다. 그러니까 확실하게 말할 수는 없다. 하지만 너무 싫다. 물컹거린다. 굼벵이는.

그래서 나는 그루터기를 보면서 뭔가 거대한, 미치고 제정신이 아닌 사악한 곰을 떠올렸다. 그때 그게 눈에 들어왔다. 20킬로그램이나 될까 싶은 작은 놈이 물에 흠뻑 젖은 채로, 다른 나무 그루터기를 앞발로 갈가리 찢으며 칼처럼 날카롭고 날쌔 보이는 발톱으로 파헤치고 있었다. 튼튼한 앞다리로 무슨 기계처럼 오래된 나무를 뜯고 찢고 떼어냈다.

나는 생각했다. 안 돼.

저런 것을 막대기로 쏠 수는 없어. 나한테 덤빌 거다. 곰한테 뾰족한 막대기를 쏘다니 완벽하게 똑똑한 척했군, 하는 생각을 마지막으로 나는 끝일 거다. 그걸 마지막으로 저 발톱과 튼튼한 발에 나는 썩은 그루터기처럼 갈기갈기 찢기겠지. 그게 마지막이야. 저렇게 작은 곰인데도.

큰 곰이라면 더더욱 안 된다. 그냥 내 머리를 물어뜯어 버릴 거다. 곰한테 뾰족한 나뭇가지를 쏘다니 얼마나 어리석었나, 하는 마지막 생각을 할 틈도 없을 거야. 한 입. 머리가 댕강.

피시본이 말하기를 총을 좀 맞도록 한국에 보내지기 전에, 오클라호마에 있는 포트 실이라는 기지에서 훈련을 받았다고 한다. 야포[野砲] 훈련이었다는데, 실제로 피시본이 한국에서 대포를 쏘지는 않았다고 한다. 대포는 말할 것도 없이 그냥 총으로 맞붙기도 전에 총에 맞아 얼어 죽은 병사 두 명 사이에 묶여 지프 후드를 타고 돌아왔기 때문이다. 어쨌든 피시본과 다른 사람들을 산으로 데려가 커다란 대포를 쏘는 것을 보여주고 어떻게 작동하는지 배우게 했다. 그러고 난 다음 더 멀리 떨어진 곳으로 데려가 포탄이 떨어졌을 때 어떻게 폭발하는지를 보여줬다. 그곳에 낡은 탱크나 차체 같은 것을 목표물로 놓아두었는데 포탄을 맞으면 산산조각으로 부서졌다.

거기에는 옴진드기가 있었다. 옴진드기는 군화나 속옷 속으로 기어들어 살을 파먹는 못된 벌레라고 한다. 온몸을 물렸는데 다른 어떤 물것에 물렸을 때보다 훨씬 근질거렸다. 최악이었다. 뱀, 방울뱀, 독사도 연못이나 웅덩이 여기저기에 있었고 주먹만큼 커다란 거미도 사방에 있었다.

좋은 곳이 아니었다.

포트 실이 싫었다고 한다. 포트 실에서 보낸 나날 때문에 오클라호마가 다 싫어졌다. 포트 실은 유명한 아파치 전사 제로니모가 죽을 때까지 갇혀 있던 곳이기도 하단다. 제로니모가 마차에서 떨어졌는데 마차가 그 위로 지나가 목을 부러뜨렸다고 전해진다. 피시본은 아마 제로니모가 포트 실에서 벗어나기 위해 죽었을 거라고 했다. 자기 영혼을 고향 애리조나의 사막으로 다시 가져가기 위해서. 사과 속 지미도 그곳으로 갔다. 옴진드기가 없고 뱀이 많지 않은 곳으로.

그런데 야포 훈련을 하는 곳 가까이에 드넓은 공원 같은 것이 있었다고 했다. 동물 보호구역 같은 곳이었는데, 어찌나 큰지 동부에 있는 작은 주[州]와 비슷할 정도였다. 군인들을 동물 보호구역 안에 있는 조그만 간이 천막 아래 맨바닥에서 자게 할 때도 있었다. 옴진드기한테 더 많이 뜯기고 먹히게 해서 더 독하고 모진 군인으로 만들려고 그러는 거라고 말하는 사람도 있었다.

정말 그런 건 아니었겠지, 피시본이 말했다. 그래도 그런 효과가 있는 것 같았어.

군인들이 더 독하고 더 모질어지기도 했다. 깨끗한 건물 안에서 잤다면 포트 실을 그렇게 증오하지는 않았을 것이다.

사격장 근처 군인들이 야영하던 곳에는 다른 동물들이 있었다. 말코손바닥사슴, 사슴, 코요테, 버펄로 같은 것. 그런데, 자유 시간은 또 엄청 많았다고 피시본이 말했다. 계급이 낮은 군인들에게는 밀주나 위스키 같은 독한 술은 주지 않았는데, 술을 조절할 수 없기 때문이라고 했다. 장교들한테만 독한 술을 줬다. 하급 병사들한테는 맥주를 줬다.

바로 거기에서 문제가 발생했다고 피시본은 말했다. 밀주를 마시면 노래를 부르고, 발을 좀 구르며 춤을 추기도 하고, 좋은 이야기도 해. 하지만 술이 빠르고 세게 덮친단 말이야. 밀주를 마시면 사람이 좀 뿅 가서 행복해져. 아니면 곯아떨어지거나. 그냥 조용해지거나.

맥주는 달라. 천천히 올라오지. 그래서 화내고 시비 걸고 쌈질을 할 시간이 있어. 바보짓을 하게 되지.

군대에서는 그걸 절대 이해 못 했어. 맨바닥에 천막을 치고 자는 이 군인들을 보호구역 안의 짐승들과 같이 두었고 시간은 남아돌았던 거야.

거기다가 맥주를 줬지.

갈색 깡통에 든 맥주를 짝으로 들여놨어. 맘껏 마시라고. 좋은 결과가 있을 수가 없었지.

그리하여 어느 오후 막사 옆에 앉아 맥주에 점점 취해 가는데 그 가운데 한 사람이 멀지 않은 곳에 서 있는 커다란 버펄로 수소를 가리켰다. 무더운 오후 햇살 속에 흙먼지와 파리 떼를 덮어쓰고 서 있었다. 그자가 말하길 아주 옛날에 말이 없을 때 미국 원주민들은 버펄로한테 살금살금 다가가 날카로운 막대기를 꽂아 죽여서 식량으로 삼았다고 했다. 창이나 화살 같은 것. 아무리 창이고 화살이래도 뾰족한 나뭇가지일 뿐인데.

쩝.

맥주가 물처럼 돌았다. 맥주란 게 원래 그러니까. 군에서 나온 칙칙한 쑥색 캔에 앞뒤로 '맥주'라고 적혀 있는 술이 짝으로 있었다. 맥주라고 또렷이 써주지 않으면 그게 뭔지 모르리라는 듯이. 그리고 군인들은 따분했다. 군인들이 원래 그러니까. 피시본이 최악의 똑똑한 척이라고 부르는 상태가 되거나 자기가 제일 잘 안다고 생각한다. 특히 맥주를 마시면. 그러니 좋은 결과가 있을 수가 없었다. 빨리 끝나기에는 너무 느린 술이면서 좋게 끝나기에는 너무 센 술이라…

누군지 뚜렷이 기억은 안 나지만 누군가가 막대기를 뾰족하게 깎아서, 비틀비틀 취한 채 버펄로에게 다가가, 옆구리에 막대를 찌르는 게 좋겠다고 말했다. 원주민 방식으로, 혹은 군인들이 생각하는 원주민 방식으로, 말이 들어오기 전에 그랬듯이. 덩치 큰 늙은 수소였다. 피시본은 1톤 좀 못 미치는 정도였다고 말했다. 900킬로그램은 될 거라고. 먼지와 흙과 파리로 뒤덮여 거기 서 있었다. 그 군인이 옆으로 다가가는데도 버펄로가 거들떠보지도 않고 그대로 그렇게 서 있는 걸 보고 피시본이나 다른 군인들 모두 신기해했다고 한다.

그 군인이 거기 멈춰 서서 몸을 돌려 사람들을 돌아보자 사람들이 어서 하라고 손짓을 했다. 다들 취해 있었고, 곤드레만드레한 상태라, 어서 가라고 손짓을 했고 군인은 고개를 끄덕이고 천천히 몸을 돌려 막대기를 버펄로 옆구리에 냅다 꽂았다.

꽂으려고 했다는 편이 맞겠다.

피시본은 그렇게 빨리 움직이는 건 처음 봤다고 한다. 공격하는 뱀보다도, 높은 데서 떨어질 때 몸을 돌려 발로 착지하는 고양이보다도 빨랐다. 번개처럼 빨랐다. 눈 깜짝할 사이 버펄로가 제자리에서 몸을 돌려 군인의 배에 뿔을 꽂았다. 군인이 본능적으로 간신히 배를 뒤로 빼, 뿔이 장에 안 꽂혔다. 피시본 말이 만약 배에 꽂혔다면 5미터짜리 지렁이처럼 내장이 줄줄이 쏟아져 나왔을 거라고 한다. 대신 뿔이 허리띠에 걸렸다. 군장의 일부인 두꺼운 캔버스 재질로 된 탄띠였다. 쇠줄만큼 튼튼했다. 허리띠가 끊어지지 않고 뿔에 휘감겼고 군인이 단단히 붙들렸다.

수소는 전력 질주를 시작했다. 군인을 앞뒤 위아래로 휘둘러 땅바닥으로 내리치며 더는 사람처럼 보이지 않을 때까지 달렸다. 걸레 같았어, 피시본이 말했다. 떨어져 나간 살점과 부러진 뼈와 피와 찢어진 군복으로 이루어진 걸레. 걸레쪼가리.

허리띠가 150미터, 200미터까지 버텼고 군인은 앞뒤로 메쳐지고 위아래로 들썩이다가 마침내 떨어져 나갔다. 피로 얼룩진 흙덩이처럼 쓰러져 있었다. 죽은 것처럼 보였다. 수소는 먼지와 열기와 파리 떼 속에 묵묵히 서 있는 원래 상태로 다시 돌아갔다. 숨소리조차 거칠지 않았다.

그런데 그 군인이 안 죽었다. 의무병을 불렀고 세 명이 구급차를 타고 와서 군인을 데려갔다. 피시본이 그러는데 그 사람이 살았다고 한다. 몇 달 동안 병원에서 도르래와 밧줄로 묶어 놓고 석고붕대로 싸서 부러진 데를 한데 붙여 놓았다. 다만 피시본 말로는 뇌가 제대로 돌아가지 않았다고 한다. 머리가 뒤죽박죽이라 제대시켰다고 한다. 사실 그게 그렇게 나쁜 일은 또 아니었던 것이 그때 거기에서 훈련을 받았던 군인 대부분이 한국으로 가서 죽거나 동상에 걸리거나 피시본처럼 총을 좀 맞았기 때문이다.

자기 이름도 몰랐다고 한다.

피시본 말이 두어 달 동안은 자기 이름도 기억하지 못 했다. 이름을 알게 된 것도 군의관이 이름이 뭔지 알려주고 외우게 한 다음에 돌려보냈기 때문이었다. 이름을 외우게 한 다음 집으로, 가족에게로 보냈다. 식구들이 숟가락으로 밥을 먹여줘야 했다. 자기 손으로 숟가락을 들 수가 없었다고 한다. 그리고 그는 버펄로를 전혀 기억하지 못했다. 그 기억 전부가 걸레에서 먼지를 털듯이 그의 머릿속에서 깨끗하게 털려 나가고 없었다.

그런 일이 많지는 않았지만, 이번에는 그랬다. 피시본이 틀렸다.

술 취한 군인이 버펄로를 뾰족한 막대로 찔러서 좋은 결과가 있을 수가 없다고 했는데, 그건 틀렸다.

뭔가 좋은 일이 거기에서 비롯되었으니까. 피시본이 나한테 그 이야기를 해줬다. 그 이야기를 듣고 난 뒤의 내가 하느님의 푸른 지구에 맹세코 — 피시본이 입버릇처럼 하는 말이다 — 조릿대 화살 같은 뾰족한 막대로 곰을 찌르는 일은 절대로 없을 것이다. 멧돼지도 마찬가지다. 여기에서 또 다른 의문이 솟는다. 왜 하느님의 푸른 지구라고 하지? 북극이나 남극 같은 지구 일부는 하얗고 바다는 파란데. 그러니까 나는 피시본에게 그렇게 물어볼 수 있었다. 거기는 하느님의 지구가 아니에요? 물론 안 물을 거다. 그러면 피시본이 또 내가 최고로 똑똑한 척한다고 생각할 거다. 그건 원하지 않는다.

하지만 내가 문제를 일으키지 않도록 해주었으니, 좋은 점이 조금은 있었던 거다. 그 군인한테는 아니었지만. 피시본이 그러는데 그 사람이 아직도 살아 있고 아마 아직도 누군가 숟가락으로 밥을 떠먹여 줘야 할 거라고 했다. 그렇지만 내가 멧돼지나, 올드블루에게 쫓겨 나무 위로 올라간 곰을 보고 활을 든 적이 많았기 때문에 나한테는 좋은 일이었다. 활은 들었지만 한 번도 시위를 당겨서 화살을 쏘지는 않았다. 그럴 수 있었지만 하지 않았다. 덕분에 이름을 외우고 누가 숟가락으로 밥을 떠먹여 줘야 하는 신세가 되지 않았다.

무척 힘들었을 것 같다. 옛날 원주민들 말이다. 피시본은 함석지붕보다 더 질겨야 했다고 말한다. 또 영리하고. 피시본이 그러는데 만오천 년, 이만 년 된 매머드 뼈 화석이 발견되었는데, 뼈에 돌화살촉과 창날이 박혀 있었다고 한다. 물론 옛날 사람들이 그런 짓을 했다가 어떻게 되었는지 우리는 모른다. 오클라호마 포트 실의 그 군인처럼 되었을 수도 있다. 그렇지만 어쨌든 그들은 시도를 해봤다는 건데, 나라면 과연 털북숭이 코끼리한테 화살을 쏘려고 할지 모르겠다.

굶주렸다면 그럴지도 모른다.

그때는 아무도 식량 상자를 가져다주지 않았으니까. 먹을 것을 파는 가게도 없었고.

매머드나 곰을 쏘지 않으면 굶어야 했다. 나도 가끔은 진짜 배고플 때가 있다. 늘 조금은 배고픈 것 같지만. 하지만 베이컨 기름과 밀가루는 항상 있어서 비스킷과 그레이비를 만들 수 있고, 콩 통조림도 있다. 늘 뭔가가 있다. 피시본은 산에 살 때 어떤 가족을 알았다고 한다. 너무나 가난해서… 찢어지게 가난했단다. 집도 없이 낡은 방수천 아래에서 살았다. 텐트도 아니고 그냥 천막뿐이었다. 아이 여덟과 어른 둘이었는데, 날마다 그레이비 말고는 먹을 게 아무것도 없었다. 밀가루가 있을 때는 가끔 비스킷을 만들어 먹었지만 없을 때가 많았다. 아무것도. 그냥 탄 그레이비만. 느릅나무에 묶어 놓은 널판 두 개에서 밥을 먹었다. 금속 파이 접시 한가운데를 대못으로 널빤지에 박아 고정시킨 밥그릇에 그레이비를 담아 선 채로 먹었다. 숟가락이 세 개 있어서 돌려가며 먹었다. 나이순으로 숟가락을 차지했기 때문에 동생들은 주로 손으로 먹었다. 너무 가난해서 그레이비를 먹기 전에 파리를 손으로 날리지 않았다고 했다. 파리를 그냥 그레이비랑 같이 떠서 먹었다.

그럼에도, 피시본은 닥치는 대로 벌레를 먹으면서 벌레라도 있어서 다행이라고 하던 때보다는 낫다고 했다. 수천 년 전에는, 기르거나 잡지 않으면 먹을 수가 없었고 그러면 기어 다니는 걸 잡아먹어야 했다.

살기가 힘들었지. 피시본이 말했다. 힘든 삶이었고 요즘 사람은 그렇게 힘들게는 살 수 없을 거야. 그렇지만 이 말을 하면서 피시본의 목소리가 좀 올라갔고, 발을 살살 구르며 목소리가 갈라지듯 올라갔기 때문에 이런 생각이 들었다…

어쩌면…

부지런히 생각하고 제대로 한다면…

그러면 그렇게 살 수도 있을 것이다. 힘들게 살기.

왜냐하면…

피시본이 그렇게 말했기 때문이다.

피시본이 그런 식으로 말하면, 목소리를 깔지 않고 높여 말하면, 생각이 가라앉는 게 아니라 들뜨게 되어, 그런 식으로, 무언가를 할 수 있을지도 모른다는 생각이 든다.

피시본이 그렇게 말했기 때문에.

다섯 번째 노래: 군인의 먼지 꽃

주위에는 소용돌이치는 먼지뿐,

눈앞에는 은빛만 어른거릴 뿐,

너에게 돌아갈 거야.

매일 아침부터 밤까지 널 생각해

옳건 그르건 널 생각해

너에게 돌아갈 거야.

살아 있는 긴 하루 날마다 널 생각해,

일어서서 기도하며 널 생각해,

너 말고는 돌아갈 곳이 없어.

6장

나무친구

…

피시본이 한 말…

나한테는 그게 전부였다. 그 말뜻이. 그랬다. 피시본이 말한 거. 피시본이 별말 하지 않았어도 늘 무언가가 있었다. 산자두 속 씨앗처럼. 열매가 익어 달콤해지면 먹는다. 피시본의 이야기, 노래, 툇마루 바닥을 끌듯이 구르는 발소리도 마찬가지다. 달콤한 이야기건 아니건 듣기에 좋다. 뱀 문신을 한 여자 이야기이거나, 빠른 자동차 이야기이거나, 한국의 맹추위에 관한 것이나, 심지어 나뭇가지 위에 앉은 새 한 마리나 그 새의 깃털과 눈에 빛이 닿는 이야기일 수도 있다. 물고기 옆면을 스치는 빛깔, 쏜살처럼 튀어 한순간에 사라지는. 이야기도 그렇게 한순간에 사라진다.

그냥 이야기일 수도 있다. 그러나 그 안에는 씨앗, 고갱이가 있다. 이야기 안에 더 많은 의미가 있다. 그냥 달콤한 과육이 아니다. 처음에는 모를 수도 있다. 문신이나 빠른 차만 생각하다가 그 까닭을, 이야기 노래에서 정말 중요한 부분을 놓칠 수도 있다.

핵심을.

핵심은 문신이 아니다, 아름다움이 진짜 의미이다. 빠른 차가 아니다, 사과 속 지미의 이야기다. 사과 속 지미의 삶이 얼마나 짧게 끝나고 말았는지. 돈이 얼마나 중요했는지 또 그게 얼마나 덧없었는지. 지미와 셜린이 어떻게 살았고 또 나중에는 어떻게 사라졌는지. 그렇게 없어졌다. 자동차나 돈이나 흰 번개는 아무것도 아니었다. 핵심은 지미였고 마찬가지로 핵심은 그 여자였다. 목의 뱀 문신이 아니라.

그걸 보아야 했다. 피시본의 이야기 노래의 핵심을.

어떻게 그것이 시작되었는지, 내가 어떻게 비롯되었는지.

그런 식으로 생각하기 시작했다.

점점 커지는 방을 꿈꾸는 게 핵심이 아니었다. 같은 꿈을 되풀이해서 꾸었지만. 그 꿈의 가장자리였다. 피시본은 나에게 그걸 깨닫게 해주려고 했고 결국 그렇게 되었다. 내가 보고 있는 것 너머, 혹은 그 속을 보도록.

파란 머리 아줌마가 보내준 책에서 남서부 원주민 이야기를 읽었다. 그 책에는 생각이 많았고 때로 온통 생각뿐이라 읽기가 힘들었다. 이 사람이 무슨 생각을 했는지, 저 사람이 무슨 생각을 했는지 하는 것들. 그들이 무슨 생각을 했는지. 책에 진짜 답은 나와 있지 않았다. 그렇지만 그림이 있었다. 원주민들이 평평한 바위를 뾰족한 물건으로 긁어서 그린 그림들. 사슴 그림도 있었는데 그건 알아보기 쉬웠다. 수사슴을 옆에서 그린 그림이었다. 그런데 사슴을 그린 선 안에 또 다른 그림들이 있었다. 마치 의사가 사슴의 내장을 그리기라도 한 것처럼. 가슴 가운데, 앞 어깨 쪽 심장 부위에 화살이 그려져 있었다. 심장을 뚫은 화살. 그리고 내장들이 다 있었다. 목에서부터 위장으로 또 빙빙 돌아 항문으로 이어졌는데 처음 볼 때에는 그냥 그림 같았다. 사슴 그림. 누군가가 사슴을 뾰족한 막대나 화살로 잡아서. 배를 갈라 내장을 보고 그린 거라고.

사슴의 안쪽을 보고.

처음에는 그렇게 생각했다. 그냥 속을 그린 거라고. 그런데 또 이런 생각도 들어 피시본에게 말했다.

그게 전부가 아닐지도요.

그때에는 사슴을 잡기가 거의 불가능했다. 너무 빨라 쫓아갈 수 없었고 너무 잽싸 창을 피했다. 살금살금 가까이 다가가서 빠른 화살로 쏘아야 했다. 사슴을 잡으려면 정말 실력이 좋거나 정말 운이 좋아야 했다. 나무뿌리와 조그만 설치류와 어쩌면 피시본 말대로 뱀과 도마뱀을 먹고 살던 사람에게 사슴 한 마리는 믿기지 않을 정도로 풍성한 식량이었을 것이다. 나는 도마뱀은 먹기 힘들 것 같다. 뱀은 또 모르겠지만. 도마뱀은 아니다.

두 가지다.

첫째로, 다른 사람들에게 이야기하고 싶었을 것이다. 사슴을 잡았다는 이야기. 그래서 일단 그림을 그린다. 약간 떠벌리고 싶어서. 자랑스러워서. 어찌어찌 사슴에게 가까이 접근했고 사슴의 심장에 화살을 쏘았다고. 당연히 자랑하고 싶을 일이다. 그런데 사슴의 배를 가르고 나서, 사슴을 쏘아 잡으려는 다른 사람들을 위해 뭐가 어디에 있는지 보여주고 싶어진다. 심장이 어디에 있는지. 창자는 어디에 있는지. 어떻게 해야 하는지 보여준다…

그냥 그림이 아니라 도표다. 지도. 어떻게 사냥하고 어떻게 죽일지를 알려주는 지도.

그 순간을 어떻게 살지, 뾰족한 막대를 사슴에게 쏘는 그 순간 어떻게 할지. 잘못되면 나도 식구들도 굶주린다. 그렇지만 이 지도, 이 그림을 보고, 제대로 하면, 이 그림이 그냥 떠벌리는 자랑이 아니라 정확히 옳게 쏠 수 있게 해준다면…

그래서 그림은 사슴을 쏘는 것 이상이 된다. 작은 꿈, 사슴 한 마리를 잡는 것의 가장자리를 지나 더 많은 것을 보여주게 된다.

더 많은 것.

그때 나는 다른 것도 다 마찬가지라는 걸 알았다. 무언가를 이야기할 때 겉으로 드러난 뜻 말고 그 안에 다른 뜻, 더 많은 의미가 있다. 더 많은 것을 이야기하고 더 많은 것을 알려준다.

그래서 나는 피시본이 단순히 이야기만을 들려준 것이 아니라는 걸 알게 되었다. 나를 위해서 지도를 만들어 주고, 앞으로 나아가고, 알고 배울 방법을 알려준 것이다. 그리고 어느덧 나 스스로 그렇게 하고 있다.

나 자신에게. 나한테 그렇게 하고 있었다. 스스로를 가르쳤다. 수풀이나 나무나 짐승이나 벌레에서 더 많은 것을 보았다. 한 가지 방식으로 보곤 했던 것에서 더 많은 방법으로 보고 그 속을 보았다. 깊숙이 생각했다. 그 속에서 생각했다. 그렇게 하다 보니 전보다 더 잘 알게 되었다. 전에는 그냥 보기만 하고 모를 때가 많았다.

화덕연기처럼. 연기가 나무 사이로 지나가듯 내가 보고 듣고 살피는 것 주위를 돌고 스민다. 피시본이 말한 것처럼, 피시본이 보여준 것처럼, 내가 화덕연기처럼 숲속에서 움직인다고 말했을 때 이야기한 것처럼. 같은 방법이었다.

오전 내내 거미 한 마리를 봤다. 따사한 오전 햇볕 속에 앉아 거미가 폭 20에서 25센티미터쯤 되는 둥근 원을 완벽하게

짜는 것을 봤다. 조그만 회색 거미였다. 내 엄지손톱만 했다. 아름다운 거미집이었다. 가는 줄로 완전한 원을 그리고 짧은 가로줄로 그 사이를 엮었다. 마치 설계도를 그리고 그 설계도를 따라 만드는 것 같았다. 완벽했다.

전에도 이런 거미줄을 본 적은 있었다. 오솔길 위 나뭇가지 두 개 사이에 걸쳐 있을 때는 뚫고 지나가기도 했다.

그렇지만 지금은 달랐다. 나는 더 보고 더 배우려고 바닥에 주저앉았다. 거미줄에 공기 중의 수분이 맺히는 것을 보았다. 이슬처럼. 빛이 뒤쪽에서 비치면 작은 물방울들이 다이아몬드처럼 빛났다. 거미는 거미줄 가장자리 고깔 모양의 작은 터널이 있는 곳으로 옮겨갔다.

거미가 그곳에 자리를 잡았다. 나처럼 보고 있었다. 나뭇가지 두 개 사이에 걸쳐 자신이 만든 완벽한 거미줄을 거미는 자랑스러워할까. 궁금했다. 나처럼 거미도 물방울이 아름답고 보석 같다고 생각할까. 이렇게 완벽하고 아름다운 무언가를 만들 수 있는 존재라면 그걸 알 거라는 생각이 들었다. 얼마나 좋은지, 얼마나 아름다운지. 아니면 왜 그렇게 만들었겠는가? 좋아하지도 않으면서 완벽하게 만들 이유가 있을까? 좋아하는 거다. 어떻게 보이는지 안다.

그래서 나도 거기에 앉았다. 구경했다. 거미가 거미줄을 만드는 것을. 오전이 거의 다 지나도록, 가야 할 때에도 머물렀다. 거미는 어떨까, 생각하려고 했다. 무슨 뜻일까. 그리고 그때, 그때…

그 일이 일어났다.

회색에 점박이가 있는 잎말이나방이 나뭇가지 사이로 날아와 거미줄에 부딪혔다. 거미줄에 얽혀 몸부림치고 뒤틀자 거미줄이 흔들렸고 거미는 고깔 모양 둥지에서 뛰쳐나와 거미줄을 가로질러 나방에게 달려가 물어서 마비시켰다. 저렇게 강한 독을 지닌 거미가 개처럼 크지 않아 다행이라고 생각했다. 거미는 나방을 서너 번 돌려 거미줄에 돌돌 말아서 그 자리에 붙들어 놓았다. 거의 끝났을 때 모기가 반대편 거미줄에 부딪히자 거미가 몸을 돌렸다.

잡혔다.

거미줄에 걸려 붙들려 버렸다. 나방보다 작지만 그래도 먹이였다. 거미는 나방으로부터 몸을 돌려 거미줄을 가로질러 모기를 물고는 두 번 재빨리 말아 묶어두고 다시 나방이 있는 곳으로 돌아갔다.

볼만한 광경이었고, 피시본에게 해줄 만한 이야기였다. 그런데 어떻게 알았을까? 거미가 어떻게 알고 나방은 여러 번 돌리고 모기는 두 번만 돌려 감았을까? 그런 다음 어떻게 다시 나방한테로 돌아가 깔때기 모양 집으로 가지고 가서 먹는 걸까? 거미는 내가 보는 앞에서 나방을 가지고 자기 굴 입구로 돌아가 네 눈 가운데 하나, 어쩌면 하나 이상은 아직 거미줄에 걸려 있는 모기에 고정한 채 나방을 전부 먹었다.

나방을 완전히 빨아먹고 난 뒤 거미는 껍데기를 거미줄 밖으로 던지고 다시 모기 있는 데로 가서 모기를 데리고 둥지로 돌아왔다. 그러고는 굴 옆쪽에다 매달아 놨다.

먹지 않았다.

나중을 위해 아껴두는 모양이었다. 아마도. 그런 것 같았다.

생각을 해야만 알 수 있는 것이었다. 거미가 하는 일 전부 생각하고, 그 생각에 따라서 해야 하는 것들이었다. 계획이 있어야 했다. 계획을 짜고, 생각을 해야 벌레 하나는 먹고 나머지 하나는 다시 배고파질 때를 대비해 아껴둘 수 있을 텐데. 게다가 모기를 다른 곤충이 채갈 수 있는 곳에 내버려 두지 않고 자기 집으로 가지고 들어왔다. 나중을 위해 매달아 두었다.

전부 생각해서. 어디에 거미줄을 치고, 어떻게 거미줄을 만들고, 어떻게 지켜보며 기다리는지, 나방은 어떻게 처리하고, 다음에 모기는. 어떻게 식량을 저장하고. 어떻게…

생각을 했어요, 그날 저녁 피시본에게 말했다. 고양이와 같이 앉아 있었다. 처음 보는 고양이가 느닷없이 야옹거리고 갸

릉거리며 나타났다. 털이 듬성듬성하고 고생한 고양이 같았는데, 스스럼없이 피시본의 무릎 위로 올라오더니 거기를 제집 삼았다. 수컷인지 암컷인지는 몰랐다. 다섯 번째인가 여섯 번째 올드블루도 거기에, 흔들의자 옆에 누워 있었다. 올드블루와 고양이는 서로 타협을 본 듯했다. 그렇게 거기 앉거나 드러누워 듣고 있었다. 듣는 것처럼 보였다. 개는 내내 자고 있었지만. 어쩌다 한번 눈꺼풀을 반쯤 들어 올렸다가 다시 느릿느릿 감았다. 커다란 늙은 개. 고개를 흔들 때 침을 뿌렸다. 벽에도 침, 천장에도 침, 난로에도. 입이 크고 침도 많았다. 그래도 피시본은 그 녀석을 좋아했다. 사랑이 많은 개니까 여기저기 침 좀 흘려도 괜찮다고.

생각할 줄을 알았어요, 내가 말했다. 어떻게 하는 건지, 어떻게 하면 되는지 거미가 알았어요. 거미줄로 덫을 놓아 사냥했어요. 나보다 더 나은 사냥꾼이에요. 나보다 더 생각을 잘해요. 뇌 크기가 핀 대가리만 할지 몰라도, 나보다 나아요.

고개를 흔들었다. 나은 게 아니야. 같아. 너랑 같고, 나랑 같고.

거미가요, 내가 말했다. 벌레가. 우리랑 같아요. 이번에는 물어본 게 아니라 그냥 한 말이었다.

모든 게 그렇지. 뭐든 필요한 건 똑같아. 먹이, 공기, 집 같은 곳, 우리처럼. 그러니까 우리만 혼자인 게 아니야. 먹을 것, 공기, 물이 필요하지. 사람이건, 벌레건, 나뭇잎이건 마찬가지야.

하지만 혼자 있으시잖아요.

내 안은 아니야. 내 머릿속은. 내가 알던 모든 사람, 개, 고양이, 내가 숨 쉰 공기, 내가 먹은 음식, 내가 보았고 아직도 볼 수 있는 아름다움이 모두 들어 있으니까. 너도 있고, 이 개도 있고, 이 고양이도 있고. 우리가 저녁밥으로 그레이비와 비스킷에 곁들여 먹을 청설모가 있고. 머리 위에 지붕이 있고…

하지만요, 내가 말했다.

삶이 있는 거지. 목숨이 있어. 너나, 여기 이 개나 고양이나…

청설모나요.

그렇지. 피시본이 길게 고개를 끄덕였다. 청설모도 목숨이 있었어. 시작되고 계속되고 끝나는. 거미가 잡아먹은 나방이나, 모기나, 청설모나. 나는 곧 떠날 거고 벌레들이 나를 차지할 거다.

안 돼요, 내가 말했다.

피시본은 또 한 번 느릿느릿 고개를 끄덕였다. 그러더니 모아 두었던 숨을 내보내듯 한숨을 쉬었다. 발이 움직이기 시작했다. 끌고 구르고, 끌고 구르고. 그렇고말고, 그렇고말고. 나는 늙었단다. 삶이 이어지고 끝나는 때를 넘어 늙었어. 가끔은 무언가 그 자체를 기억 못 하고 그림자만 기억한단다. 여자, 장소, 돈, 맛있는 음식—그게 어떠했는가 하는 그림자만. 옛날에 정말 좋은 개가 있었어. 정말 좋았지. 지금은 좋았다는 것만 기억난다. 어떻게 생겼었는지는 기억이 안 나. 영원한 여자도 마찬가지야. 어떠했는지, 어떻게 보였는지, 어쩌면 어떤 냄새가 났는지, 주위에서 공기가 어떻게 움직였는지만 기억날 뿐 그 사람 자체는 기억이 안 나. 뚜렷하게는. 아스라하지만 뚜렷하지 않아. 그저 내 기억 속에 어떤 사람이었는지만.

포트 실의 옴진드기와 뱀은 기억이 나는데 강제 징집된 남자들이 우는 소리는 기억이 안 나. 고생이라고는 해본 적 없는 도시 사내들이 밤마다 병영에서 혼자 울었지. 어떤 소리였는지 기억은 잘 안 나지만 무슨 뜻인지는 기억나. 처음으로 집을 떠나서, 죽을지 살지는 모르지만, 살아도 다시는 원래 자기 자신으로 돌아갈 수 없게 되었다는 것. 여린 사람들인데 강해져야 했기 때문에 여린 소리로 울었어. 강해지는 법을 배워야 했어. 강해진다는 게 그들에게는 고통이었어. 도저히 해내지를 못하는 사람들도 있었어. 코에서 피를 흘리고 변을 지리면서 서 있었어. 다 기억하고 느낄 수 있지만 어떤 소리였는지는 기억이 안 나. 남자들이 우는 소리. 나중에 한국에서 생긴 총알구멍을 병원에서 치료할 때도 그랬어. 남자들이 운 것이 기억나는데 소리는 생각 안 나. 몸에서 쇠붙이를 빼낼 때 지르는 비명도. 내 비명일 수도 있지. 비명을 지른 것은 생각나는데 어떤 소리였는지는 몰라. 사라졌어. 실체는 사라졌어.

그림자만 남았지.

하지만 어떻게 보면 더 진짜일 수도 있어. 기억은 바람 속의 연기처럼 흩어지지만, 그 자체, 핵심, 진짜는 고스란히 남아 있어. 우리 엄마가 어떻게 생겼는지는 기억이 안 나. 내가 뱀한테 물려 죽게 되었을 때 곁에 앉아서 여동생의 기저귀 천을 물에 적셔 내 관자놀이를 부드럽게 닦아주던 것만 생각나지. 그 천이 생각나. 어떤 느낌이었는지, 차갑고 부드러웠어. 그리고 엄마가 내던 소리, 멀리에서 들려오는 노랫소리 같은 음이 떠올라. 하지만 엄마 머리카락 한 올도 기억이 안 나. 어떻게 생겼었는지. 하나도. 그저 어땠는지만 떠오르고 어떻게 생겼는지는 모르겠어.

너도 마찬가지일 거다. 거미를 봤고, 어떠했는지 봤지만 나중에 여러 해가 지나면 거미의 그림자만 남아…

얼마나 영리했는지. 어떻게 먹이를 아껴두었는지.

어떻게 생각을 할 수 있었는지.

그런 것들이 네 머릿속을 채우고 네가 보는 것들을 이해하고 알고 생각하게 해줄 거야. 지금은 상상도 할 수 없는 것을 말이야. 너만의 특별한 도구를 갖추는 것하고 비슷하지. 어디를 가든 늘 지니고 다니는 것. 그림자 기억이 거기에 들어앉아 쓰일 때를 기다리고 있는 거야.

실제로 그랬다.

그때 열세 살이나, 열네 살이나, 아니면 열다섯 살이었을 것이다. 몇 살인지는 중요하지 않다. 내 머리가 어떻게 작동하는지, 어떻게 배웠는지가 중요하다.

그 여름 내내 활과 조릿대 화살을 들고 사냥을 했지만 큰 짐승은 쏘지 않았다.

청설모, 뇌조, 가끔 토끼를 잡았다. 가끔 가재도. 많이 봤다. 많은 것을 보았다. 보고 싶은 것을 전부 봤다. 뚜렷하게, 깊이, 아주 깊이 봤다. 거미를 관찰하러 갔다. 더 많은 거미를 봤다. 거미는 아마도 최고의 사냥꾼일 테다. 나는 더 나은 사냥꾼이 되고 싶었다. 거미들은 길 위, 뚫린 공간에 집을 지었다. 내가 처음 관찰한 거미집처럼 늘 아름다운 건 아니었다. 울타리에 두어 줄 걸쳐 놓기만 한 것도 있었다. 파리가 날아가다 한쪽 날개만 걸려도 끈끈한 줄에서 버둥거리다가 줄에 몸이 감기게 된다. 땅밑 작은 구멍 위쪽에 조그마한 함정을 만들어 놓고 그 아래에 사는 거미도 있다. 무언가가 지나가면 구멍 안쪽으로 이어진 거미줄이 흔들리는데 그러면 거미가 구멍 밖으로 튀어나와 낚아챈다. 어떤 거미는 기다란 앞발 두 개 사이에 거미줄 같은 것을 걸고 한 줄을 늘어뜨리며 내려와 길목 위에 매달려서는 죽은 듯이 꿈쩍도 않는다. 무언가가 아래로 지나가면, 목표물에 거미줄을 집어 던지고 내려와 죽인다.

나는 거미가 되었다.

활로 쏘는 것은 그만두고 철사로 올무 덫을 놓기 시작했다. 활도 나쁘지 않지만 가끔 조릿대 화살이 제대로 맞지 않을 때가 있다. 그러면 좀 느리다. 조용히 쉽게 끝나지 않는다. 너무 푸득거린다. 그래서 나는 저녁이 되면 푹신한 잠자리에 든든한 화톳불을 피워놓고, 아주 컴컴해지기 전에 철사 올무를 몇 개 놓는다. 토끼를 잡으려면 토끼가 지나다니는 수풀 속 굴에 덫을 놓으면 되었다. 토끼들한테는 고속도로나 다름없는 굴이다. 회색 큰다람쥐를 잡을 때는 녀석들이 밤에 먹이를 먹으러 어떤 길로 나무에서 내려오는지 땅을 읽어 알아낸다. 나무에서 내려온 자리의 흙 위로 작은 흔적이 남기 마련이다. 그러면 철사로 만든 조그만 올무를 그 나무 1미터 정도 높이의 나뭇가지에 묶어놓는다. 올무에 낚싯줄을 땋아 만든 줄을 걸어 야영지까지 끌고 와 줄 끝을 내 손가락에 감았다. 무언가가 덫에 걸리면 잠에서 깨도록. 줄이 흔들리면 나무 몽둥이나 장작 같은 것을 들고 가서 한 방으로 끝을 낸다.

국.

고기.

내가 먹을 양보다 많이 잡으면 원을 넓히는 이 여행을 마치고 돌아갈 때 피시본한테 가지고 간다. 하룻밤 만에 돌아갈 수도 있고, 이틀 밤을 보낼 수도 있다. 더 오래 나와 있지는 않았다. 고기를 베이컨 기름으로 굽고 밀가루 그레이비와 비스킷이나 얇게 썬 감자 약간을 곁들여 시원한 냇물을 떠 와 함께 먹는다. 피시본은 밥을 술이나 숟가락을 꽂아도 설 정도로 진한 블랙커피와 같이 먹는다. 가끔은 커피에 술을 살짝 타기도 한다. 몇 방울 정도만. 나는 밤에는 커피를 마시지 않고 아침에만 가끔 마신다. 술은 절대 마시지 않는다. 마시면 머릿속이 곤죽이 되어 버린다. 밤에 진한 커피를 마시면 절반은 뜬눈으로 보내고 잠이 들어도 나쁜 꿈을 계속 꾼다. 꿈에 녹색 괴물이 나온다. 한번은 악어가 나를 물속으로 끌고 들어가 통나무 밑에 쑤셔 넣는 꿈을 꿨다. 한입에 삼킬 수 있게 부드럽게 만들려는 것이었다. 파란 머리 아줌마가 보내준 책 중에 악어 그림이 그려진 책이 있었다. 거기 악어가 고기를 오래된 통나무 밑에 넣어 두고 썩혀 통째로 삼킬 수 있게 만든다고 나와 있었다. 그걸 읽고 잠자리에 들기 전 진한 커피를 마시면 누구나 나쁜 꿈을 꾼다.

장담한다. 괴물. 악어.

밥을 먹고 나면 우리는 툇마루로 나와 앉는다. 나는 내가 만든 원, 사냥, 무얼 보고 하고 배웠는지 이야기한다. 사물의 속의 속의 속에 관해 이야기하려고 애쓴다. 사슴만 그리는 게 아니라 그 안의 작용을 그리려고. 바람, 바람이 어떻게 불었는지, 축축한 아침에 숲에서 어떤 내음이 났는지, 뜨거운 오후는 어떠했는지, 소리 하나 하나, 세세한 부분 하나 하나를. 그러면 피시본은 고개를 주억거리고 술을 한 모금 마시고 낡은 장화로 툇마루 바닥을 끌면서 이야기 노래를 들려주었다. 내가 한 이야기에 어울리는 이야기였다. 그래서 내가 본 것이 그저 청설모나 토끼나 사슴이 아니라는 것, 그냥 사냥이 아니라는 것, 내가 본 것의 이야기만이 아니라 피시본이 와이오밍에 있는 빅혼 산지에서 커스터 중령이 제7기병연대를 이끌고 원주민과 전쟁을 벌이다 전멸한 곳 근처에서 말코손바닥사슴 사냥을 이끌 때 이야기와 섞였다. 그래서 사냥이 슬픈 전투와 뒤섞이고, 기쁨이 비참함과 뒤섞이고, 아름다움이 추함과 뒤섞였다…

내 머릿속, 내 생각 속에서.

그리고 나는 알았다.

알았다.

영원히 계속되지 않으리라는 것. 숲속에서 나는 점점 더 큰 원을 그리며 갈 것이고, 더 오래, 오래, 어쩌면 올드블루 사냥개들처럼, 살고 생각하고 지낼 다른 장소를 찾을 때까지 갈 것이다. 아니면 내가 돌아왔는데 피시본이 가버렸을지도 모른다. 껍데기, 몸은 의자에 여전히 앉아 있지만 속은 가버려서, 예수나 어린 동생이나 기억나지 않는 엄마를 보러 갔을지도 모른다. 영원히.

어쩔 수 없다. 나는 계속 멀리 더 멀리 갈 테고, 더 많이 보려고 할 테고, 아주 멀리 가면 돌아오기 힘들 것이다. 그 꿈의 가장자리를 넓히고 더 넓혀야 했다. 내 삶을, 나 자신을, 내가 어떻게 될지를, 내가 어떻게 되든지 왜 그렇게 되는지를 알아야 했다.

아니면 피시본이 떠날 것이다. 그는 늙었고, 삐걱거리게 늙었고, 흔들의자처럼 늙었다. 전에 자기가 아는 사람은 모두 떠났다고, 죽어서 떠났다고 말했다. 그러니 내가 너무 오래 달려서 돌아오지 않거나 아니면 그전에 피시본이 갈 것이다. 멀리. 자기 안으로.

이거거나 저거거나.

하지만 지금은 아니다.

아직은 아니다.

지금 우리는, 바로 지금 우리는, 베이컨 기름에 튀긴 고기를 그레이비와 비스킷을 곁들여 먹으면서 나는 본 것을 이야기하고 피시본은 장화로 툇마루 바닥을 통통 울리면서 이야기 노래를 한다. 장단을 맞추며 그의 이야기와 내 이야기를 엮을 것이다. 눈을 감고 기억 속으로 잠겨 들어가 내가 배울 수 있게, 자랄 수 있게, 클 수 있게 하면서 술을 홀짝이며 생각 속에서 춤을 출 거다.

지금은 그럴 거다.

지금은.

지금만은.

Fishbone's song

옮긴이의 글

…

이 책은 아이가 성장하는 이야기이고, 아이가 어떻게 자라고 어떻게 배우고 어떻게 세상에서 자기 길을 찾는가 하는 이야기다. 그런 한편 산문으로 된 시와 다름없는 이 책은 번역자에게는 번역의 역할이 어디까지일까를 계속 고민하게 만든 책이었다. 왜냐하면 이 책은 글로만 말하는 것이 아니라 행간을 통해서도 이야기하기 때문이다. 그런데 번역자가 글만 고스란히 한국어로 옮기면 그 과정에서 말하지 않고 암시하는 의미가 사라져서 한국어 독자는 미묘한 뉘앙스를 읽기 어려울 수도 있다. 그래서 나는 '작가가 말하지 않고 말하려는 것을 번역이 설명하는 게 옳은 일인가?'라는 고민에 빠질 수밖에 없었다.

하지만 '행간의 의미'라는 것도 번역자의 주관적 해석에 불과한 것일 수도 있다. 때로 애매하고, 무엇을 말하는지 뚜렷하지 않고, 듣는 이를 고려하지 않은 듯한 서술은 언어의 가능성과 한계를 말하고 있기도 하기 때문이다. 언어는 무수한 의미를 담을 수 있지만 동시에 의미를 가두고 축소한다. 이것이다

저것이다 언어로 규정하는 순간 다양한 가능성은 사라진다.

이 책에서는 우리가 익히 읽던 소설에서처럼 뚜렷한 줄거리의 흐름이나 구체적인 배경·인물 설명을 찾아보기 어렵다. 화자인 '나'가 몇 살인지조차 어렴풋하게만 짐작할 뿐이다. 이런 서술 방식은 말하지 않음으로써 가르치는 피시본의 교육 방식과도 일맥상통한다. 피시본은 화자인 '아이'에게 가르침을 직접적으로 주는 법이 없고, 비유나 과거의 일화를 이용해 비스듬히 암시하거나 노래의 형태를 빌어 함축적으로 말하고자 하는 바를 전한다.

우리가 이 글을 어떻게 읽어야 할지 난감해하는 것처럼 처음에는 '아이'도 피시본의 말을 어떻게 이해해야 할지 몰랐다. "피시본은 말이 되는 말을 했지만, 그것은 무언가를 아는 사람한테만 가 닿았다. 나는 그 무언가를 몰랐다. 무얼 어떻게 말하는지도 몰랐다." 그렇지만 아이는 천천히 피시본의 말을 곱씹듯 새겨 여백에 담긴 의미를 더듬어 자기 것으로 만들고 그 빈

공간의 여지만큼 성장한다. 어떤 것이 사실인지 규정하고 옳고 그름을 나누어 가르치는 대신 에둘러 말하고 비유하고 연결하는 피시본의 말들을 머릿속 지도로 삼아 아이는 자기의 생각의 힘으로 세상의 이치와 살아가는 법을 알아 나간다.

책에서 분명히 말하지는 않지만 라이트 형제와 달걀 에피소드 등에서 피시본이 문맹일 가능성을 암시하는 듯하다. 그래서 문자문화가 아닌 구전 전통으로 피시본은 아이를 기르고 덕분에 아이는 "색깔을 듣고 소리를 냄새 맡을 수 있는", 언어의 한계를 벗어난 자유로운 상상력을 가지고 세계를 직관적으로 받아들인다. 물론 피시본의 영향만으로 아이가 성장하는 것은 아니다. 아이는 사회에서 글을 배웠고, '파란 머리카락'(이것도 실제 머리카락 색깔을 말하는 것인지 느낌을 표현한 것인지 우리는 알 수 없다)의 사서 아주머니가 보내주는 책을 통해 문자와 문명의 세계와의 연결도 유지한다. 아이는 두 가지 축을 중심으로 삼아 균형을 잡으며 자연 속에서 점점 더 큰 원을 만들어나가며 스스로 자라기 때문에, 자연의 테두리 안에 머무르지 않고 더 넓은 세상으로 성장할 것이다.

이 책을 읽고 우리말로 옮기면서 나는 번역의 한계를 절감했을 뿐 아니라 어떻게 책이 그 안에 적힌 글 이상일 수 있는지도 느꼈다. 이 책은 아름답다고 말하지 않는데 아름답고, 슬프다고 말하지 않는데 슬프다. 우리가 이 책을 가장 잘 읽는 법은, 천천히 소리 내어 읽는 법이라고 생각한다. 그러면 느림과 여운이 어떻게 충만한 의미가 되고 그 안에 시간과 자연과 노래를 담는지를 느낄 수 있다.

2017년 여름

홍한별

스고 옮기면서 살려고 한다. 옮긴 책으로는《나무소녀》《몬스
스》《마르크스와 나의 여친》《친구는 서로를 춤추게 하는 거야!》
바다 사이 등대》《마크 트웨인의 관찰과 위트》《나는 불안과 함께 살
아간다》《나는 가해자의 엄마입니다》《페이퍼 엘레지》《두 살에서 다섯
살까지》《우울한 열정》《달빛 마신 소녀》 등이 있다.

피시본의 노래

1판 1쇄 발행 8월 25일

지은이 게리 폴슨 | **옮긴이** 홍한별
펴낸이 조재은 | **펴낸곳** ㈜양철북출판사 | **등록** 제25100-2002-380호(2001년 11월 21일)
편집 박선주 김명옥 | **디자인** [★]규 육수정 | **마케팅** 조희정 | **관리** 정영주
주소 서울시 마포구 양화로8길 17-9 | **전화** 02-335-6407 | **팩스** 0505-335-6408
ISBN 978-89-6372-258-0 03840 | **값** 13,000원

카페 cafe.daum.net/tindrum **페이스북** facebook.com/tindrum2001